Der steppende Pferdearsch

Die fulminante Geschichte einer Stuntwoman auf dem Weg ins Glück

von NORA SUMMER

Impressum:

Umschlaggestaltung: Sibille Greiner
Lektorat / Korrektorat: Bärbel Gerhardt, Gerhard Frytsch,
Julia Schleicher, Ruth Schleicher
Stipendium: Zirkusakademie Wien

Verlag: myMorawa von Dataform Media GmbH, Wien
www.mymorawa.com

ISBN:
978-3-99125-807-0 (Paperback)
978-3-99125-806-3 (E-Book)

PRINTED IN AUSTRIA

Für meine Herkunftsfamilie

Georg, Ruth, Brigitte und Tilmann

"Mut steht am Anfang des Handelns, Glück am Ende."

Demokrit

"Und Begeisterung ist immer dabei."

Nora Summer

Dieses Buch ist eine Mischung aus Autobiographie und Fiktion. Die autobiographischen Teile hätte ich niemals besser erfinden können. Dennoch sind manche Personen und Geschichten frei erfunden. Es bleibt also der Fantasie der Leserin oder des Lesers überlassen zu spekulieren, was sich tatsächlich wie beschrieben zugetragen haben könnte.

Als Mittlere von drei Kindern, die alle entstanden sind, als meine hippieangehauchten Eltern neue Verhütungsmethoden ausprobierten, war ich natürlich immer die Benachteiligte.
Das typische Sandwichkind-Syndrom.
Erst im Erwachsenenalter verstand ich, dass ich diejenige bin, die alles zusammenhalten kann, sozusagen die Macht über die ganze Familie hat. Aber das ist jetzt nicht so wichtig.

Ständig fühlte ich mich benachteiligt und unverstanden. Niemand erkannte, wie großartig ich bin.
Aufgrund meiner „schweren Kindheit“ fing ich an, alles in Frage zu stellen und alle Grenzen auszutesten und zu übertreten. Oft zum Leidwesen meiner Eltern, Geschwister, Freunde und Freundinnen, Partner, Verwandten, Bekannten, aber vor allem meiner Lehrerinnen und Lehrer.

Ich wollte gesehen und wahrgenommen werden. Mit all meinen Stärken und Schwächen.

Gut, ich war also ein verhaltensoriginelles Kind und eine schwer pubertierende Teenagerin. Aber nur, weil niemand verstand, dass ich auf dem Weg zur absoluten Wahrheit war.

Meinen Eltern, beide Lehrer, und meinem Vater als Kind der 60er-Jahre, mittlerweile als Tantra-Masseur im Prostitutionsgewerbe tätig, habe ich nichts vorzuwerfen. Sie haben sich mir voll und ganz hingegeben.
Gestritten, geschrien, diskutiert, Geschirr geschmissen. All das haben sie für mich getan.

Nur einmal haben sie mich zu einem Homöopathen geschleppt, weil ich so aggressiv und einfach nicht in meiner Mitte war. Der hat mir eine Bachblütentherapie verordnet. Mehr brauchten sie nicht. Ich bin durchgedreht und habe ihnen vorgeworfen, dass sie mich verändern wollten.
So sah damals meine Welt aus. Hatten wir nicht alle eine schwere Kindheit?

Jetzt habe ich also beschlossen, den Dingen wirklich auf den Grund zu gehen. Mir auf den Grund zu gehen. Und heute fange ich damit an.

21.12.2013

Es ist kurz vor Weihnachten und ich möchte noch etwas Bahnbrechendes in diesem Jahr erleben.
Also setze ich mich vor den Computer und google ein wenig vor mich hin.
Bachblütentänze! Eher nicht. Organreisen! Klingt schon interessanter, aber es spürt sich noch immer nicht richtig an.

Menstruationszelt für Frauen: Fest „Viva la Vulva", Clownesque & Vulvasongs-Workshop! Das klingt aufregend. Dort wird die Vulva besungen und Bilder werden mit Menstruationsblut gemalt.
Laut Gründerinnen soll das Projekt „die Menstruation und ihr schöpferisches Potenzial zum frauenpolitischen Thema machen." Das wäre sicher auch etwas für meine Schwester.
Leider schon vorbei. Schade. Kann frau nix machen.

Jetzt hab ich's: Bloggen like a Sympatexter aka "Geboren, um Geschichten zu schreiben."
Klingt super. Ich liebe es zu schreiben.
Zumindest mein Tagebuch. Und Bloggen ist ja jetzt voll im Kommen. Der Kurs beginnt: morgen.
Angemeldet. Jetzt kann ich entspannt meinen Tag angehen und meinen Biokräutertee genüsslich schlürfen. Das fühlt sich gut an. Bloggen.

Nachdem die Teetasse leer ist, begebe ich mich ins Bad. Die wichtigsten Entscheidungen für heute sind getroffen. Also kann ich mich der Gesichtsmaske, Haarkur, Nagelpflege und natürlich dem Epilieren hingeben.

Ich lege mich in die Badewanne, packe meinen Silk Epil Wet and Dry aus und lege los.
Die Beine sind ruckzuck fertig. Aber bei der Bikinizone bin ich immer ein bisschen skeptisch. Zu Recht.
Ich setze das Gerät zwischen meinen Beinen an und gleite langsam auf und ab. Ah, das tut so weh. Na gut, dann ein wenig schneller.
Aua, scheiße, jetzt hat sich meine Schamlippe verfangen. Verdammt. So, ruhig bleiben, alles wird gut. Da muss ich jetzt durch.
Kurz und schmerzvoll. Ahhhh.

Mit geschwollener Schamlippe inspiziere ich meine ätherischen Öle und schmiere Lavendel auf die Vulva.
Das tut gut und verschafft Linderung.

Gut, ich kann also wieder sitzen und setze mich vor den Computer, um meine Mails zu checken.
Stadttheater Klagenfurt – der Vertrag. Ich spiele dort nächste Saison „Singin' in the rain“ und freue mich schon darauf.
Leider passt die Gage nicht und die Fahrtkostenrückerstattung haben sie auch vergessen.
Na gut.
Ich rufe dort an und verhandle. Die sind eigentlich sehr nett, aber beim Verhandeln muss ich hart bleiben. Niemand durchbricht meine blaue Lichtschutzhülle. Die kommt bei mir immer dann zum Einsatz, wenn ich Schutz brauche. Das hilft genial. Habe ich aus meiner Meditationsgruppe der Tempelschule. Ein Ort, den ich sehr gerne besuche, um mich zu zentrieren.

Warum es Tempelschule heißt? Weil der Tempel den eigenen Körper beschreibt. Und der gibt ja meistens die besten Hinweise, ob alles im Lot ist oder nicht.
Deshalb machen wir dort alle möglichen Meditationsübungen, Reinigungsatmungen, Herzöffnungsübungen, und Ahnenreisen.
Jedenfalls hilft sie mir, ausgeglichener zu sein. Und meine Verhandlungen sind nun ebenfalls erfolgreich abgeschlossen.
Also fürs Theater zumindest.
Denn ich habe mich wieder ein bisschen um den Finger wickeln lassen.
Was die Finanzen betrifft.

22.12.2013

Ich bin schon ganz aufgeregt vor meinem ersten Kurstag. Trinke meinen Biotee und mache mich gestärkt auf den Weg zum Computer. Online ist ja mittlerweile das neue Offline.

Zuerst telefoniere ich noch mit Hannah, meiner Schwester. Nur zur Bestätigung. Ich bin nämlich immer extrem aufgeregt oder sogar gestresst, wenn etwas Neues auf mich zukommt.
Das erklärt vielleicht auch, warum ich überhaupt so ein unruhiger Mensch bin.

In meinem Beruf weiß ich nie, was passiert oder was von mir erwartet oder verlangt wird.
Und wenn ich einmal annehme zu wissen, dann ändert es sich von einer Minute auf die nächste.

Der Fluch des Spontanen. Obwohl ich Spontanität liebe.

Jedenfalls merke ich manchmal nicht, ob mir etwas positiv Energie gibt oder ich einfach gestresst bin und es deshalb lassen sollte.

Ich wusste ja schon mit fünf, dass ich Schauspielerin werden will. Später kamen Musical, Artistik und Stuntwoman dazu.

Einseitigkeit war noch nie mein Ding.

Und jetzt fange ich mein nächstes Abenteuer an: Bloggen.

Hannah ist da ganz anders. Lehrerin, Psychologin und der hilfsbereiteste Mensch, den ich kenne.
Manchmal ein bisschen zu hilfsbereit. Also bei den anderen. Bei mir natürlich nicht, sie ist ja schließlich meine Schwester.
Und sie ist Genderbeauftragte in ihrer Schule, um das Erbe Johanna Dohnals anzutreten.
Eine echte Feministin also.

Viele glauben, dass wir das heutzutage gar nicht mehr brauchen. Aber ich sage euch: Das tun wir.
Es ist ja noch immer nicht so, dass gleiche Arbeit gleich entlohnt wird. Also her mit euch Feministinnen und Emanzen. Kämpft mit meiner Schwester und mir für eine bessere Welt.

Eine ihrer ersten Aufgaben, die sie sich als Genderbeauftragte der Schule setzte war es, Schimpfwörter zu gendern.

Zum Beispiel: der Idiot – die Idiotin, die Domina – der Domino, die Bissgurn – der Bissgurk, die Hure – der Huror, die Funse – der Funs, der Schweinehund – die Schweinehündin, der Trottel – die Trottelin, der Wappler – die Wapplerin, der Trampel – die Trampelin, der Depp – die Deppin, der Blödmann – die Blödfrau, die Schlampe – der Schlamper, die Bitch – der Bitcher, die Fotze – der Fotz.

Da sind die auszubildenden Kindergartenpädagog*innen dieser Schule den anderen echt etwas voraus.
Die lernen zumindest gegendert schimpfen.

Im Laufe der Zeit wird sich das sicherlich überall durchsetzen. Übrigens werden mittlerweile auch Gebrauchsgegenstände gegendert. Da gibt es jetzt nicht nur den BH – Büstenhalter, sondern auch den PH – Penishalter.
So viel zu meiner Schwester Hannah.
Denn auch Feminismus kann mit Humor angegangen werden.

„Warum tust du es und was versprichst du dir davon?", sind typische Fragen meiner Schwester.
Obwohl ich ihr die Antworten schuldig blieb, fühlte ich mich besser und öffnete gespannt wie ein Gummiringerl den Zoom-Link für unser Kennenlern-Gespräch.

Nach der Vorstellungsrunde mit lauter coolen Frauen sollten wir als erstes Thema unser Wort oder Motto für das nächste Jahr verbloggen.
TUN schießt mir in den Kopf. Ich mache mich sofort an meinen ersten Blogartikel. Wie aufregend.

Mein Motto für das Jahr 2014:

*„Nichts**tun** macht nur dann Spaß, wenn wir eigentlich viel zu **tun** hätten."*
Noèl Coward

*Als ich mir über das nächste Jahr, also 2014, Gedanken machte, schießt mir sofort das Wort **TUN** in den Kopf.*

Aber warum gerade dieses Wort?

Ich bin, meiner Meinung nach, eh eine totale „Tuerin".
Ich gehe auf Menschen zu, bin für meinen Job aktiv und motiviert, ich schmeiß mich als Stuntfrau vor Autos und die Stiegen runter, und ich unternehme alle noch so erdenklichen Streifzüge. Ganz abgesehen vom Zirkeltraining, Yoga und Tanzen, das ich in meiner Woche noch unterbringe.

Frei nach dem Motto: Nur jemand, der sich bewegt, bewegt etwas.
*Warum also kommt mir das Wort **TUN** in den Sinn?*

*Und dann lese ich das oben genannte Zitat: „Nichts**tun** macht nur dann Spaß, wenn wir eigentlich viel zu **tun** hätten." Und mein Herz lachte laut los.*

*Ahhhhh. Nichts**tun** ist gemeint. Ich habe ja eh immer viel zu **tun**, also kann nur das Nichts**tun** gemeint sein. Geistesblitz. Bam.*

*Tja, doch nach längerem Nachdenken merkte ich, dass dem auch nicht so war. Leider. Ich soll nicht nichts **tun.***
*Es geht also um das Gleichgewicht von **tun** und nichts **tun.** Ja auch das Nichts**tun** muss gelernt sein. Denn so einfach ist auch das nicht.*

Manchmal, wenn ich jobmäßig nichts zu tun hatte, war das der größte Stress für mich. Denn es hieß weniger Kohle. Aber dann trainierte ich dafür umso mehr.

*Wie also finde ich die Balance zwischen **Tun** und Nichts**tun**? Und was gibt es für mich nächstes Jahr zu **tun,** oder eben auch nicht zu **tun**?*

Wo soll ich mehr meiner kostbaren Zeit investieren, und wo weniger?

Stehe ein für das, woran du glaubst

*Ja genau, das möchte ich 2014 **tun.** Ich werde in Übereinstimmung mit meinen Werten handeln. Egal bei welcher Thematik. Einfach aufs Herz und das Bauchgefühl hören. Wenn es sich gut anfühlt, dann mach ich es. Wenn nicht, dann nicht.*

Es bedeutet, dass ich meinen eigenen Weg beschreite und erfinde, um dadurch meine Einzigartigkeit zum Ausdruck zu bringen. Das wird mit Sicherheit auch viel mit Schreiben bzw. Bloggen zu tun haben :-) also freut euch :-).

Und es bedeutet auch, dass es Platz für mehrere Visionen in meinem Leben geben kann. Nicht nur die eine des „Berühmtwerdens".

Komme deinen Verpflichtungen nach

*Dieser Punkt ist für mich eher nervig, aber ich muss ja ehrlich sein, und es ist für mich wichtig, dass ich meinen Pflichten, für die ich mich ja selbst entschieden habe, nachkomme. Also, was gibt es hier zu **tun**?*

Okay, ein wichtiger Punkt: Kochen. Ich bin keine begeisterte Köchin, ich gebe es zu. Aber wenn ich von meinem Körper schon so viel verlange, dann soll er auch gut genährt werden.

Und absolut präsent sein. Auch so ein Thema.

Das wird eine ziemliche Herausforderung für mich, da ich Kreativitäts-Tagträumerin bin. Das heißt, mir kommen die besten Ideen beim Tagträumen. Aber egal, ich stelle mich dieser Herausforderung. Absolute Präsenz bei allem, was ich tue.

Eine weitere Verpflichtung, der ich nachkommen muss, ist die Buchhaltung. Ja, ich werde mich mit Begeisterung an die Buchhaltung setzen. Oder zumindest mit Pflichtbewusstsein :-).

Und „last but not least": Meine Finanzen.

Ich verpflichte mich hiermit feierlich, einen besseren Überblick über meine Finanzen zu haben und mich zeitgerecht um sie zu kümmern. Ich werde meine "Steuergeschichten" in andere Hände legen und mir über meinen Anlagefonds Gedanken machen.

Ist dieser wirklich notwendig oder nicht? Tja, das werde ich herausfinden.

„Bildung ist nichts, was man beenden kann"
Isaac Asimov

Dieser Satz bringt mich zu meinem dritten großen Punkt, den ich für 2014 angehen will. Und dieser ist die Bildung. Vielmehr die Weiterbildung.

Ich bin ein absoluter Ausbildungsjunkie und das hindert mich oft daran, Dinge einfach zu ***tun****.*

*Ich mache eine Ausbildung nach der anderen und warte oft zu lange, mit meinem Wissen und Können hinauszugehen. Ich beobachte dieses Phänomen eher bei Frauen und führe das auf mangelndes Selbstwertgefühl zurück. Aber egal woher es kommt, das Gefül des Mangels soll gehen. Und zwar weit weg von mir. Deshalb werde ich nächstes Jahr genau wählen, welche Weiterbildung ich mache, und ob sie wirklich, wirklich nötig ist für mich und meinen Job. Also, etwas mehr Nicht**tun** in dieser Richtung.*

Moment, lüge ich mich da gerade selbst an? Denn ich mach ja gerade einen Blogging-Ausbildung :-)?

*Ob **Tun** oder Nicht**tun,** das ist also bei mir die Frage von 2014.*

Einen tollen Start ins Jahr wünsche ich euch und viele tolle Vorhaben.

Mein erster Blogartikel ist fertig, und ich stelle ihn gleich mal auf Facebook.
Schauen, was da für Meldungen kommen.
Wow, nach nur 20 Minuten eine Nachricht von einer Freundin. Mit Lob. Juhu, Freude.

Meine Gedankenwelt kann sich gar nicht beruhigen, deshalb hole ich mir noch eine Flasche Rotwein von der Tankstelle, rufe mein Schwesterchen an, schicke ihr mein erstes Blogbaby und freue mich auf einen Abend vor der Glotze. Zum Runterkommen versteht sich.

10.09.1985

Heute turnen wir zum ersten Mal im Kindergarten.
Mit meinem Papa. Früher hat das eine Tante mit uns gemacht. Die Tante Irene. Aber seit heute ist Papa dafür zuständig.
Er baut eine sehr tolle Bewegungslandschaft auf. Dort können wir klettern und runterspringen und laufen und laut sein.
Ich traue mich sogar in den Spagat, auf der Langbank, die größer als mein Papa ist.
„Schau mal, Papa!"
„Das gefällt dir? Schön."
"Du Papa, darf ich den anderen alles vorzeigen? Ich kann ja schon alles, und kenne mich aus."
„Ja, schon richtig. Aber die anderen wollen auch vorzeigen, weißt du? Wir wechseln da ganz gerecht ab. Okay?"
„Nein, nicht okay. Ich will es vorzeigen. Außerdem bin ich deine Tochter."
„Das stimmt. Aber hier bin ich der Turnlehrer für alle Kinder. Da kannst du keine Sonderbehandlung haben."
Blöder Papa. Immer lässt er die anderen vorzeigen. Niemand von denen kann einen Spagat.
Nur ich.
Und schon gar nicht auf der Langbank.
Papa schickt mich jetzt in die Umkleide, weil ich mich immer vordränge. Und dann stoße ich die blöde Julia von der Bank runter. Die lacht immer und ist blond. Und sie ist in Samuel verliebt. So wie ich. Die blöde Kuh.
Julia weint.
Blöde Turnstunde.
Da war es mit Irene doch besser. Obwohl wir da nur Fangspiele gespielt haben.

24.12.2013

Weihnachten.
Das Fest der Liebe. Kotz.
Aber was soll's, ich schmeiße mich auf die Mariahilferstraße und kaufe die letzten Geschenke ein. Natürlich nicht direkt auf der Mariahilferstraße, sondern in den Nebengassen, also der Lindengasse, Kirchengasse und Neubaugasse.
Dort gibt es nämlich echt geile Bio-Boutiquen, mit Fair-Trade-Mode und echt coolen Einzelstücken.
Doch zuvor muss frau noch ein bisschen im Internet surfen, schauen wie viele "Likes" mein Blogpost bekommen hat.
Wenn Einkaufen, dann ohne schlechtes Gewissen, dass die Stücke aus China, Bangladesch oder ganz neu, aus Myanmar sind.
Seit Ende der Militärdiktatur gibt es von dort jetzt auch Billigscheiß hergestellt unter erbärmlichen Arbeitsbedingungen.
Zum Glück treffe ich mich mit meiner Schwester, da für mich der Weihnachts-Einkaufsstress unerträglich ist.
Ich warte also vor dem vereinbarten Kaffeehaus.
Leute beobachten hat mir immer schon Spaß gemacht, es wuselt hier nur so von Unikaten der Menschheit.

Ah da ist sie ja.

Mein Schwesterherz kommt mit dem Fahrrad auf mich zugedüst, sperrt ihr Fahrgestell an einem dafür vorgesehenen Metalldings ab und stürmt zu mir.
Bussi links, Bussi rechts auf meine Wangen. Nochmals Bussi links, Bussi rechts auf die Wangen eines Wildfremden, der neben mir auf irgendjemanden wartet. Sie dachte, er sei ein Freund.

Er lächelt, da es ihm anscheinend gefällt, und sie verwickelt ihn sofort in ein Gespräch über die Kraft der Frauen.
So ist sie.
Voller Liebe für die Menschheit und ein bisschen verwirrt manchmal.
Der Typ, den sie da abgebusserlt hat, schaut ganz gut aus und ist super nett. Er wirkt echt sehr sympathisch, und ich frage, ob wir nicht Nummern austauschen wollen. Natürlich möchte er die Nummer von Hannah.
Pech gehabt, Süßer, die ist vergeben. Trotzdem gibt sie ihm die Nummer.
Wäre sonst unfreundlich, aber Chancen hat er keine.

Zugegeben, ich bin ein wenig gekränkt, aber mein Schwesterchen baut mich mit einem Obst-Shake schnell wieder auf.

Außerdem heißt es doch so schön: „Gegen den Wind sollst du nicht pinkeln.“ Hat nicht sein sollen.
In diesem Sinne begeben wir uns ins Getümmel.
Wir kaufen einen Rock für die jeweils andere, das hat Tradition bei uns, handgemachte Seifen für Omas und Opas, Bienenwachskerzen für Tanten und Onkel, und weil sie so gut riechen, einen Feuerwehrschlauchgürtel für meinen Vater und eine Disney DVD-Sammlung für meine Mutter.
Mir selbst gönne ich noch einen Mondkalender.

Auf dem Weg zum Fahrrad gehen wir noch beim Leiner vorbei, dem großen Möbelhaus, und ich erinnere mich, wie ich vergangenes Jahr einen blonden, jungfräulichen Weihnachtsengel, auf einem Trapez sitzend, dargestellt habe.
Ich bin in der Auslage gehangen, habe Gold gestreut,

gelächelt, und versucht, meinen Krampf im Arsch zu überspielen.
Zum Glück habe ich dieses Jahr frei. Die Weihnachtsjobs sind oft die komischsten.
Vor zwei Jahren war ich ein Christbaum auf Stelzen bei der Coca-Cola-Parade und das Jahr davor ein Lebkuchen, der mit Hilfe anderer Lebkuchen eine Akrobatikpyramide baute, die dann aussah wie ein Lebkuchenhaus.
Zu meinem eigenen Erstaunen muss ich aber feststellen, dass dies noch nicht einmal meine schlimmsten Jobs waren.
Da war Ostern vor sechs Jahren, als ich bei einem DJ Ötzi-Konzert als Plüsch-Osterhase herumgesprungen bin und Ostereier verteilt habe. Bei einer Küchenpräsentation war ich ein herausnehmbarer Drehkorb, der minutenlang im Handstand gedreht hat.
Den Vogel abgeschossen hat aber eine Latexshow in einem Etablissement, wo das Publikum an der Leine gehalten wurde.
Tja, mein Job hat wirklich einige Facetten zu bieten. Es lebe die Vielfalt.

Gemeinsam wollen wir also das Fahrrad holen. Es ist aber nicht mehr da. Scheiße. Das vierte in diesem Jahr. Vielleicht war der Typ ja doch nicht so nett! Wobei, da geht jetzt wieder die Gehässigkeit mit mir durch.
War sicher nicht er, außerdem haben wir ja seine Nummer.
Nein Blödsinn, er hat die meiner Schwester.
Na super.
Dann also auf die Polizeiwache.
Rasch merken wir, dass die alle überhaupt keine Lust haben, eine Diebstahlsanzeige aufzunehmen.
Bleiben aber trotzdem total freundlich und nett.

Es ist ja schließlich Weihnachten. Das Fest der Liebe!
Hannah fragt den Polizeibeamten noch, ob er glaubt, dass sie den Täter oder die Täterin fangen und sie ihr neues Fahrrad vielleicht wieder bekommt.
Dieser jedoch antwortet nur trocken: "Eher unwahrscheinlich, gnädige Frau."
Sie verzieht das Gesicht, allerdings eher wegen der gnädigen Frau.

Langsamen Schrittes machen wir uns auf den Weg zu unserer Familie, um ein idyllisches und besinnliches Weihnachtsfest zu feiern. Vielleicht funktioniert es ja dieses Jahr.

31.12.2013

Silvester.

Mag ich nicht sehr, außer ich arbeite. Denn an Silvester gibt es normalerweise die doppelte Gage.
Heute werde ich noch schnell meinen zweiten Blogartikel raushauen, bevor ich die Pläne für den Abend mit meiner Schwester bespreche.
Was wird sich nächstes Jahr für mich verändern?
Gute Frage.
Da muss ich wohl etwas länger drüber nachdenken.
Na gut, dann doch kein Artikel.
Silvester also.
Ich als frischer Single bin ja angewiesen auf nette Einladungen. An Silvester fällt es mir schwerer als sonst, alleine zu sein.

Ich finde es ganz normal, sich an solchen Tagen einsam zu fühlen, vor allem, weil meine Scheidung erst zwei Jahre her ist. Das macht alles noch intensiver.
Meinen Ex liebe ich nach wie vor, wie einen großen Bruder. Und er ist auch happy. Mit einer sexy Akrobatin, die jünger und dünner ist als ich. Naja, jetzt gerade nicht, da sie schwanger ist. Aber sonst.
Also dünner. Wir sind also alle zufrieden und glücklich. Fast immer. Außer eben jetzt.

Meinem Ex verdanke ich echt viel. Durch ihn kam ich als Stuntwoman zum Film. Er war damals einer der besten Turner Österreichs und ich frisch gebackene Staatsmeisterin im Trampolinspringen.
Wir trainierten gemeinsam am Trampolin und in der Turnhalle. Und ja, auch sonst noch so an einigen Orten. Das tut jetzt aber nichts zur Sache.
Dieser Ex stellte mich dann eines Tages Mister E. vor.

Wer sich jetzt eine zermürbende Geschichte mit Besetzungscouch, Nacktaufnahmen und Unterwerfungscasting wünscht, wird jetzt herbe enttäuscht. Denn Mister E. ist auf gut Wienerisch ein ziemlich leiwander: ehemaliger Turner, Stuntman, Stuntkoordinator und immer auf der Suche nach jungen Bewegungstalenten, die sich auf gut Wienerisch nix scheißen, um beim Film als Stuntdoubles mitzuwirken.
Stiegen runter kugeln, Fahrradstürze, vom Hausdach in Kartonkisten springen oder fallen.
Alles Dinge, die mich triggerten und die mich neugierig machten. Nur brennen will ich nicht so gerne.
Volltreffer also. Gesucht gefunden.

Meiner großen Karriere als Stuntwoman stand nichts mehr im Wege.
Und das Geile an dem Ganzen?
Kein Casting, wie sonst immer.
Mister E. sah mich beim Trainieren und bei Auftritten, und ich war vom Fleck weg engagiert.

Bei meinem ersten Stunt doubelte ich eine 13-Jährige Schülerin für den Film "Tom und die Biberbande", beim Klettern auf einem Haus und einem Sturz von diesem.
Als nächstes folgte "Liebe, Lüge, Leidenschaft."
Bei diesem Film durfte ich bei schüttendem Regen von einem Auto angefahren werden.
Danach folgte die Kultserie "Kommissar Rex." Ich war ein Mordopfer, das eine Sektflasche auf den Kopf geknallt bekommt und stirbt.
Dabei musste ich die damals nigelnagelneuen Stiegen des Museumsquartiers in Wien runter stürzen.
Sehr viele Stiegen. Im Cocktailkleid. Wenig ausgepolstert.
Aber hey, ich war damals 20.
Da kannte ich keinen Schmerz.
Das einzig Blöde an der ganzen Geschichte war, dass sie zuerst die Einstellung mit der Sektflasche gedreht haben, die beim Runterfallen natürlich in 1000 Teile zerbrochen ist.
Danach haben sie mich runtergeschmissen.
Tja, was soll ich sagen! Ein kleiner Splitter blieb in meinem Knöchel stecken. Aber wie gesagt.
Ich war 20. Da waren Verletzungen und Narben cool.

Lauter coole Sachen bis jetzt also. Und mutig bin ich. Das kann ich mit Sicherheit behaupten.
Im Job zumindest.

Mein Ex ist also super.

Trotzdem fühle ich mich heute Abend einsam.
Wohin also?

01.01.2014

Ich hab Kopfweh. Mir ist schlecht. Und ja, es war wieder einmal extrem.
Mit sieben Typen geknutscht und zum Glück niemanden mit nach Hause mitgenommen.
Dafür hab ich mich dreimal übergeben.
Wie gesagt: extrem.
Zeit zum Jammern bleibt mir aber nicht. Ich muss nämlich packen, da ich am Abend mit dem Zug nach Klagenfurt fahre, um dort mit den Proben für "Singin' in the rain" zu beginnen.
Scheiße, ist mir schlecht. Pfefferminzöl.
Ich brauche dringend Pfefferminzöl, dann wird alles wieder gut. Das hilft wirklich genial.
So, schon besser. Aber was soll ich jetzt einpacken, und was kann ich zu Hause lassen? Ich bin schließlich sechs Wochen proben und dann noch zehn Wochen spielen.

Insgesamt sechzehn Wochen ohne Unterbrechung in Kärnten.
So klar war mir das vorher noch gar nicht.
Nicht, dass ich Heimweh habe oder so. Nein.
Aber meine Öle und Heilsteine. Ich kann doch nicht alles mitnehmen.
Na gut, Öle kommen mit, Heilsteine lasse ich da.

Ich schaue noch schnell ins Internet, ob sich etwas Interessantes tut und lese von einer Mitfahrzentrale.
Die ist viel billiger als der Zug, also rufe ich dort an und bekomme die Nummer von einem Herrn, der heute noch nach Klagenfurt fährt.

Um Punkt Acht fahren wir auch schon los. Der Herr scheint nett und zuvorkommend zu sein, geht mir aber ein bisschen auf die Nerven mit seinen Anmachsprüchen: „Wie schön und jung schaust du doch aus."
Über Pornos will ich auch nicht reden, also nicht mit ihm. Schließlich geht ihn das ja nichts an, auf was ich wie, wo und wann stehe.
Na gut, wenn er nicht aufhört, stell ich mich einfach schlafend.
Na bitte, das hilft ja. Die Fahrt verläuft jetzt ruhig, aber irgendwie fühle ich mich nicht wirklich wohl.
Kein Wunder. Der Typ ist zwar nicht laut, aber von Ruhe kann da auch keine Rede sein. Der Typ masturbiert! Neben mir!
Während er fährt!
Und zwar gar nicht langsam. 200 Kilometer die Stunde.
Also das Auto, nicht die Geschwindigkeit beim Masturbieren.
Und ich? Einfach weiterschlafen.
Okay, ich muss jetzt ehrlich zugeben, dass ich etwas nervös bin.
Ich installiere meine blaue Schutzhülle, bitte den Erzengel Michael um Hilfe, und siehe da, nach zwei Stunden und 30 Minuten sind wir auch schon in Klagenfurt.
Ich bin erleichtert, und er im wahrsten Sinne des Wortes auch. Darf ich über so etwas Witze machen?
Es ist doch eher schockierend und erniedrigend.

Ich steige schnell aus und will ihm sein Geld geben. Er winkt nur ab und sagt, er möchte keines haben, da ich so eine nette und schöne Begleitung gewesen wäre, aber er würde sich gerne irgendwann wieder einmal mit mir treffen.

Arg, oder?

Ich verschwinde so schnell es geht und rufe meine Schwester an.
„Das war sexueller Missbrauch. Du musst das melden. Und mach endlich einen Selbstverteidigungskurs für Frauen. Der hätte mehr als a Watschen verdient!“, schimpft sie.
Ich schäme und ärgere mich, dass ich nicht anders reagiert habe.
Erschöpft und verwirrt gehe ich in die Wohnung, die jetzt die nächsten vier Monate mein Zuhause sein wird.
Sie ist klein, aber nett eingerichtet. Und bevor ich mich k.o. ins Bett lege, räuchere ich die Räume aus.
Auf ungebetene Energien kann ich nach dieser Fahrt heute verzichten.

11.02.2014

Die Proben laufen super, und es macht total Spaß.
Außer diese Stepperei, die nervt mich.
Zumindest kann ich gut faken. So tun als ob.
Der Regisseur ist leider auch ein Idiot, aber das sind sie oft.
Die meisten haben ein großes Selbstwertthema und lassen es ziemlich ungut an den Darsteller*innen aus. Und als Frau ist es in diesem Job sowieso schwer.
Wenn der Regisseur hetero ist, musst du flirten, auch wenn er dich nicht die Bohne interessiert.

Wenn er schwul ist, interessiert er sich nicht die Bohne für dich, auch wenn du die Stimme von Barbra Streisand hast und das Schauspieltalent von Meryl Streep.

Und wenn du dann einmal in deiner Laufbahn eine Regisseurin hast, ist sie mit Sicherheit auf jemanden eifersüchtig, die/der jünger, dünner, schöner ist oder einfach irgendein außergewöhnliches Talent besitzt, das sie nicht hat.
Das sind sicher Vorurteile.
Aber so nehme ich die Auswüchse der Bühnenhierarchie wahr.

Auf jeden Fall müssen wir Darsteller*innen immer genau abschätzen, wie wir uns zeigen. Ja nicht zu viel Ehrlichkeit.
Sei du selbst, aber zeig es nicht.
Reiner Selbstschutz.
Aber muss ich wirklich so sein?
Muss ich mich verstellen? Oder darf ich doch hundertprozentig dazu stehen, wer und wie ich bin?
Im Showbusiness musst du immer stark sein. Auch wenn es dir nicht gut geht.
Und wenn wir schon beim Verstellen sind.
Ich finde ja, dass Liebeskummer eine anerkannte Krankheit sein sollte.
Jeder Mensch weiß, wie schlimm das ist. Aber es wird total abgewertet. Als Krankheiten gelten nur Burnout und so Zeug, das durch zu viel Arbeit passiert. Und das ist dann sogar in.
Klar. Ein Hoch auf die Leistungsgesellschaft.
Obwohl ja jetzt auch das "Boreout" in Mode gekommen ist.
Es ist dir im Leben zu langweilig.
Das stell ich mir echt tragisch vor. Berührt mich jedoch nicht. Ich finde immer etwas zu tun.

Aber Liebeskummer kenne ich gut.
Den beherrsche ich perfekt. Mit allem, was dazu gehört.
Drama, Leiden, mich erneuern.
Ja, es wird immer etwas Schlimmeres geben auf dieser Welt. Aber wenn er im Moment auftritt, sind die überschäumenden Gefühle so überwältigend, dass ich gar nichts anderes mehr wahrnehme.

Jetzt aber zurück zum Stück. Wir sind sozusagen in den Endproben. Das heißt, heute ist Bühnenhauptprobe eins. Mit Orchester, Kostüm und Maske.
Da sind alle immer ganz aufgeregt, da es sozusagen das erste Mal ist.
Die Umzüge funktionieren dabei nicht immer, und manchmal wird eine Perücke oder ein Bart vergessen. Oder in einer falschen Szene verwendet.
Und wenn diese Hoppalas passieren, zuckt der Regisseur meistens total aus. Und das bedeutet schlechte Stimmung im Ensemble.
Mir ist das aber egal, da ich so viel Spaß mit den Leuten habe, dass mich das bisschen Geschrei sicher nicht fertig macht.

08.09.1986

Heute ist mein allererster Turnwettkampf. Ich darf sogar mit den "Großen" mitturnen.
Die sind schon 12 Jahre alt. Ich erst sechs.
Leider vergesse ich am Balken meine Übung. Dafür läuft am Boden alles rund. Sogar Knie und Zehen sind immer gestreckt. Da lobt mich meine Trainerin.

Am Reck mache ich dann noch einen Fehler.

Trotzdem finde ich, dass ich gut war.
Und trotzdem werde ich Letzte. Und ich bin sehr traurig darüber. Ich weiß, dass die anderen älter sind, aber ich habe mich so sehr bemüht.
Ich will nie wieder zu so einem blöden Wettkampf. Niemals wieder.
Mama hat sich auch voll aufgeregt über die Wertungen, und darüber, dass sie mich mit so viel Älteren zusammen turnen lassen.
Ich mag nicht vor den anderen weinen. Und außerdem kommt so eine Wut in mir hoch.

15.02.2014

Premiere.

Die Proben sind super gelaufen, und ich bin gar nicht nervös. Wir sind eh schon überprobt.
Die Vorstellung beginnt um 19:30, also habe ich noch den ganzen Tag Zeit für meinen Blogartikel.
Da ich perfektionistisch angehaucht bin, ist es gar nicht so leicht.
Zuerst checke ich aber noch meine Mails und schaue auf Facebook, was in der Welt so läuft.
Ist das nicht lieb? Meine allerliebste Schwester hat mir eine Mail mit einem Link zu einem Selbstverteidigungskurs für Frauen geschickt.
Dieser Kurs wird von einem WEGA-Beamten gehalten.
Ich google schnell was WEGA bedeutet: „Wiener Einsatz-Gruppe Alarmabteilung."
Das Wiener S.W.A.T.-Team sozusagen.
Klingt cool.

Ja, ich glaube, den Kurs werde ich machen.
Kann ja nicht schaden, und meine Schwester ist auch beruhigt.
Ich melde mich also für den nächsten Termin im März an, da ist nämlich zufälligerweise auch spielfrei.
Und da ich schon genug am Wörthersee spazieren gegangen bin und auch noch gehen werde, kommt mir die Abwechslung sehr gelegen.
So! Genug vor dem Computer aufgehalten.
Ich muss doch irgendwie zu kreativen Themen kommen.

Das macht echt süchtig. Das „Googlen" und „Facebooken". Schrecklich.

Ich gebe mich jetzt dem Tagträumen hin, denn wenn das Hirn leer ist, ist Platz für neue Ideen.
Ich gebe zu, bin dazwischen kurz weggenickt. Aber immerhin ist heute noch eine Premiere.

Ich mach mich also fertig fürs Theater und freue mich schon richtig auf die Vorstellung.
Bevor ich jedoch in meine Garderobe und zur Maske verschwinde, gehe ich noch auf einen Kaffee in die Kantine. Dort ist Silvia die Kantinenchefin. Sie berichtet immer über den neuesten Klatsch und Tratsch. Das ist mein Ritual. Immer vorher in die Kantine auf einen Kaffee und die Geschichten von Silvia. Das gehört zum Theaterleben dazu.
Heute geht's um die neuesten Schönheitsoperationen und die Kosmetikindustrie. „Weißt du, was Anus-Bleaching ist?", fragt sie mich.
Ich verneine. „Das ist jetzt der neueste Trend. Die in Hollywood lassen sich alle ihre Rosette weiß bleichen. Also

'bleachen', wie die Amerikaner das nennen."
"Was? Und wozu soll das gut sein?"
Ich versteh echt manchmal die Welt nicht mehr. Brustvergrößern okay, Fett absaugen kann ich auch noch irgendwie nachvollziehen. Auch das mit dem Botox und den aufgespritzten Lippen leuchtet mir irgendwie ein. Wobei aus feministischer Sicht ein absolutes No Go!
Aber Anus-Bleaching?
Das sprengt sogar meinen Teil des Gehirns, der für Verständnis und Toleranz ausgestattet ist.
Nun gut. Wir werden ja sehen, wo das alles hinführt. Vielleicht ist der nächste Trend dann Verätzungen an Körper und Gesicht. In Indien soll das ja häufiger vorkommen. Zwar ungewollt und eher als Angriff auf Frauen und ihre Schönheit.
Aber vielleicht denkt sich ein Hollywoodstar einmal: „Ich möchte nicht immer auf meine Schönheit reduziert werden, also entstelle ich mich."
Wäre doch auch ein Ansatz, oder?

Manchmal denke ich mir, dass unsere Welt einfach nur krank ist! Mit dem Bild eines gebleichten Hinterteils in meinem Kopf gehe ich in die Garderobe, ziehe das Kostüm für die erste Nummer an, lege den Schminkmantel drüber und setze mich in die Maske. Dort läuft schon eine heiße Diskussion über den Schönheitswahn und die Verstümmelungen des Körpers zugunsten eines von der Gesellschaft aufoktroyierten Ideals. Ich bringe mich natürlich lauthals ein und beim Aufruf des Inspizienten: „Noch 30 Minuten bis Beginn", wird mir klar, dass ich mich noch gar nicht aufgewärmt habe.

Gut, schnell auf die Hinterbühne.

Laufen, Liegestütze, Situps, Spagat links, Spagat rechts, Grätsche und natürlich sechs Sonnengrüße.
Fertig.
Die Show kann beginnen.

16.02.2014

Die Premiere ist super. Standing Ovations, ein nicht enden wollender Applaus, und natürlich eine feucht-fröhliche Premierenparty.
Mein Kopf tut nicht ganz so weh, da ich die alkoholischen Getränke nicht gemischt habe und beim Rauchen habe ich mich auch zusammengerissen.
Dafür eine coole zwischenmenschliche Erfahrung: mit einem schwulen Mann geschmust. Ja, und ich bin stolz darauf. Das gehört schließlich zu einer allumfassenden Selbsterfahrung dazu. Hakerl drunter.
Es war sehr technisch, aber trotzdem äußerst lustig und eben eine neue Erfahrung für mich.

Um fünf gehe ich dann alleine in mein Bett und jetzt ist es schon früher Nachmittag.
So lobe ich mir die Premierenfeiern.
Heute ist zum Glück keine Vorstellung.
Ich treffe mich mit meinen Eltern und meiner Schwester, die extra für die Premiere angereist sind.
Wir erkunden Klagenfurt, und sie erzählen mir, wie, was, wann, wo sie bei dem Stück etwas verändern würden, und wie es ihnen gefallen hat.
Mein jüngerer Bruder Wendelin ist zu Hause geblieben, da ihn mein Job überhaupt nicht interessiert. Er mag kein Gesinge, keine seichten Handlungen und wie ich mich bewegen kann, kennt er zur Genüge aus unserer Kindheit. Wir

haben immer Batman und Catwoman gespielt und die Nachbarschaft unsicher gemacht.
Außerdem: Für ein Stück von Wien nach Klagenfurt zu reisen, ist ja auch echt zu viel erwartet. Schließlich müsste er dann ja den Platz vor dem Computerbildschirm verlassen.
Umgekehrt interessiert mich sein Job auch nicht die Bohne. Er ist Computergraphiker, und wenn er versucht, mir etwas von seiner Tätigkeit zu erklären, verstehe ich einfach: nichts.
Trotzdem liebe ich ihn über alles, und er ist ein total hilfsbereiter Mensch, der mir all mein Computerzeug macht. So brauch ich mich da um nichts kümmern.
Ja, ich benutze Ubuntu/Linux und nicht Windows von Microsoft oder OSX von Apple.
Haha, so eine Nerdin bin ich. Also vielmehr mein Bruder, da ich keine andere Wahl habe. Ich muss das System nehmen, mit dem er arbeitet, sonst hilft er mir nicht. Manchmal komme ich mir vor wie bei "Big Bang Theory", der genialen Fernsehserie, wenn ich mit ihm rede. Und sein Freundeskreis ist ebenfalls sehr nerdig. Logisch. Die machen dann dreiwöchige LAN-Partys, essen Trockenfleisch, trinken Red Bull und spielen irgendwelche Abschieß- oder Strategiespiele.
Jedenfalls sind wir uns beide nicht böse, dass wir komplett andere Interessen haben und verstehen uns blendend. Außerdem hat das ja auch was Gutes. Ich merke, dass ich nichts leisten muss, um geliebt zu werden. Ich brauch mich für seine Aufmerksamkeit und Liebe nicht in zehn Metern Höhe von der Liane zu schwingen, oder die Königin der Nacht zu trällern. Bei ihm kann ich da nix reißen. Er mag mich einfach, weil ich seine Schwester bin.

Er ist aber schon manchmal genervt von mir. Wenn ich zum hundertsten Mal frage, wie ich eine Tabelle erstelle oder wie ich ein Foto komprimiere.
Ui, schon wieder vergessen!
Manches nimmt er aber mit Humor und denkt sich: „Naja, sie hat halt andere Talente und Stärken, oder sie ist einfach a bisserl deppert."
Die Schwingung zwischen uns passt jedenfalls.

Der Rest der Familie reist heute Abend wieder ab und so nutzen wir jede Minute. Das ist oft laut und hektisch, da wir alle etwas sagen möchten und bei uns die Reinschrei-Kultur herrscht.
Wer am lautesten ist, gewinnt. Ich bin echt gut darin, wobei meine Eltern auch großes Potenzial haben.
Mein Vater macht es auf der intellektuellen Schiene. Er verwendet viele Fremdwörter, und wir müssen so lange darüber nachdenken, dass wir manchmal nicht mehr unterbrechen können.
Gut okay, manchmal passiert es trotzdem, weil wir einfach nicht nachdenken oder selbst zu Wort kommen wollen.
Seine Taktik ist zwar okay, aber in unserem Familiensystem nicht mehr so wirksam. Er ist einfach schon entlarvt. Mein Vater behält die Taktik zwar trotzdem bei, aber sein Lautstärkepegel ist in den letzten Jahren ebenfalls um einiges angestiegen.
Meine Mutter macht es auf der beleidigten Schiene. Zu ihrer Verteidigung: Sie ist Krebs im Sternzeichen. Und damit fährt sie ziemlich gut: „Wenn ich jetzt nix sagen darf, bin ich beleidigt."
Niemand kommt gegen das schlechte Gewissen an, das sie mit ihrem Blick und ihren Gesten in uns auslöst.

Lange hält das schlechte Gewissen jedoch nicht an, weshalb sie dann auch ihre Lautstärke anpasst.
Hannah hingegen macht es ganz anders. Sie schaut total intensiv in die Runde, bis sie jemand fragt, was sie darüber denkt. Ebenfalls eine gute Taktik, wenn auch nicht so effizient, da sie oft sehr lange warten muss, bis sie etwas sagen kann. Sie schluckt dann immer wieder sehr viel runter.
Wendelin fällt mit schnellem Reden und dem Verschlucken von Silben auf. Bei ihm heißt es: beim Zuhören konzentrieren. Am schlimmsten ist es, wenn er nebenbei isst. Da schlingt er dann nicht nur die Nahrung runter, sondern redet noch schneller und artikuliert noch sparsamer.
Und zu guter Letzt ich selbst.
Bei mir ist es einfach.
Ich bin die Lauteste. Hab ja auch ein sehr gut geschultes Stimmorgan durch meine langjährige Gesangsausbildung.
Im Augustin, dem Bierlokal in der Nähe des Theaters, essen wir, super geil übrigens.

Neben uns sitzen ein paar alteingesessene Klagenfurter und diskutieren über Politik.
Später über Fortgehen und Weiber. Ihre Unterhaltung ist sehr "intellektuell" und "lehrreich". Der eine Typ mit Glatze, Wampe und Schnurrbart: „Die Weiba heutzutage sind a nimma des was's einmal waren. Lauter aufsässige Gfraster. Und lauter ältere Frauen trifft ma beim Fortgehen. Die meisten sind über vierzig. Die sollten doch echt lieber daham bleiben bei die Kinder oder so. Außerdem sind die viel zu alt für mich. Mein Alterslimit ist dreißig."
Sein Sitznachbar, mindestens 55: „Du lässt doch eh immer mir die 40-Jährigen über. Wobei mir des Alter gar nit so wichtig ist. Dünn und geil solln's halt sein. Und

Körbchengröße C, mindestens. Dann kann's von mir aus auch 40 sein."
Wenn ich es selbst nicht gehört hätte, würde ich es nicht glauben, dass es so etwas heutzutage noch gibt.

Etwas entrüstet über das Gespräch der beiden fetten, alten und hässlichen Männer (ja, jetzt werde auch ich ausfällig) starten meine Schwester und ich eine besonders laute Diskussion über das Thema Frauen – unser Spezialgebiet.
Zum Glück habe ich in meiner großen Tasche die EMMA dabei, eine Zeitschrift aus Deutschland, deren Gründerin die kämpferische Feministin Alice Schwarzer ist.
Die Autorinnen recherchieren super und schreiben über tolle Themen. Manchmal a bisserl viel zu lesen und wenig Bilder für meinen Geschmack, aber es ist ja schließlich kein Comic. Die aktuelle Ausgabe enthält einen Bericht über Hollywood. Überschrift: „In Hollywood sind Frauen nur Trophäen." [1]
Wir diskutieren also lauthals über das Machogehabe und die Machtgeilheit der Bosse in der Filmindustrie.

Ich: „Hast du gewusst, dass von den ungefähr 5800 stimmberechtigten Mitgliedern, die jedes Jahr den Oscar vergeben, 4500 Männer sind? Mit einem Durchschnittsalter von 62 Jahren und weiß?"
Meine Schwester: „Ja. Und unter den 43 Präsidenten der Academy sind auch nur ein paar Frauen. Die Filme werden anscheinend von Männern für Männer gemacht."
Ich: „Bei den Nominierten schaut's ja auch nicht besser aus. 31 Frauen zu 151 Männern, die eine Chance auf den Oscar haben. Das ist doch echt scheiße."

Hannah: „Weißt du, was noch interessant ist? Es hat in der 86-jährigen Geschichte dieses beliebten Preises erst einen Regie-Oscar für eine Frau gegeben."
Ich: „Da wird mir auch klar, warum diese Industrie rückläufige Ticketverkäufe an den Kinokassen verzeichnet. Liebes Hollywood, ich hätte da einen wohlgemeinten Rat für euch."
Ich setze mich ganz aufrecht hin und werfe einen Blick auf den Nachbartisch. Hannah deutet mir: Daumen hoch.
Ich also: „Liebes Hollywood, wir wissen, wie du in den nächsten Jahren ganz leicht mehr Geld verdienen kannst. Zeig einfach mehr Frauen!"

Bam, das hat gesessen.

Dachte ich zumindest. Die Männerrunde am Nebentisch wirkt allerdings nicht sehr beeindruckt.
Schade, aber einen Versuch war es wert.
Meine Schwester bemerkt das natürlich und holt noch weiter aus.
Sie spricht laut und mit einer unheimlichen Euphorie: „Wisst ihr, was eigentlich der Grund an unserem Dilemma ist? Unsere Welt vernachlässigt die weiblichen Werte. Von Beginn der patriarchalen Religion an, als der Anbetung des Sonnengottes die Verehrung des hebräischen Gottvaters, Jehova, folgte, hat die Menschheit mit Eifer gegen die große Mutter des Matriarchats und allem, was sie darstellt, gekämpft. Die vitalen, kraftvollen Gestalten mit den lebensspendenden Energien der Mutter-Gottheiten wurden durch die patriarchalischen Religionen vereinnahmt und so verzerrt, dass nur eine körperlose, machtlose Jungfrau Maria als Darstellung der weiblichen Tugend übrigblieb. Und

wo das hinführt, sehen wir ja. Hollywood ist das beste Beispiel.
Diejenigen, die das Maul halten, schön und nett lächeln, bekommen, wenn es gut geht, irgendeine fade Rolle. Sie dürfen da schön ausschauen, einen Mann anhimmeln, und wenn es ganz hoch hergeht, sogar die Mutter eines Superheroes spielen."
Ich: „Bei uns in Österreich is des net besser."
Sie: „Ich beneide dich echt nicht um deinen Job. Na gut, meiner is a net viel besser, aber ich kann immerhin gegendert schimpfen."

Auch diese Wortmeldung beeindruckt die Machos vom Nachbartisch überhaupt nicht.
Gut, dann müssen härtere Bandagen her.
Eh klar, mit sachlichen Fakten und teils intellektuellem Reden kommt frau bei diesem Typ Mensch nicht weiter.
Und ich muss gestehen, dass wir auch ein bisschen klugscheißerisch unterwegs waren.
Nichtsdestotrotz möchte ich diese Typen gerne schockieren. Und in den Augen meiner Schwester sehe ich genau den gleichen Drang.
Als hätten wir uns abgesprochen, beginnen wir gekonnt zu schmusen. Wir drehen uns so, dass die beiden unsere Münder nicht genau sehen, aber wahrnehmen, dass es voll abgeht an ihrem Nachbartisch. Busengegrapsche und Nackenbisse inklusive. Meine Eltern sehen das recht cool,
da es nicht das erste Mal ist, dass wir mit unserer Lesbenszene irgendwelche Leute schockieren wollen.

Wir haben das auch schon in der U-Bahn gemacht. Als sich ein altes Ehepaar über die gleichgeschlechtliche Ehe ausgelassen hat und die Erlaubnis, in dieser Kinder zu

adoptieren. Und natürlich auf Demos. Wobei ich es da bevorzuge, mit anderen Mädels herumzumachen, da es ja nicht immer die eigene Schwester sein muss. Auch wenn es ein Fake ist.
Aber hier haben wir niemand anderen, und mit den Eltern geht natürlich gar nicht.

Apropos Eltern.
Die beginnen jetzt einfach auch zu schmusen.
Okay, die beiden machen es echt, aber so genau bekomme ich ihre Show gar nicht mit, da ich mich sehr auf meine eigene Performance konzentriere.
Okay, okay, das Essen kommt, und ich glaube, das reicht jetzt.
Wir hören alle vier auf und werfen den Blick auf den Nachbartisch. Ha! Die schauen ganz schön verdutzt und mit offenstehenden Mündern zu uns herüber.
Ziel erreicht.
Und zu unserer Freude geben sie der Kellnerin ein Zeichen, um zu zahlen.

Wir lachen und müssen feststellen, dass die Zeit total schnell vergangen ist. Genüsslich verzehren wir unser Essen und freuen uns, dass wir wieder einmal jemanden schockiert haben.
Als sich einer der Männer vom Nachbartisch im Gehen noch einmal umdreht und sagt: „Mädels, wollt's des bei mir net einmal daheim machen? I könnt ma da was Nettes vorstellen mit euch zwei“, sitzen wir verdutzt mit offenen Mündern da.

Müde und ausgelaugt bringe ich meine Familie zum Zug. Sie fahren via Sparschiene sehr günstig nach Wien zurück.

Und ich lasse mich mit einem Gläschen Rotwein vom Fernseher berieseln.

20.06.1992

Für Hannah, Wendelin und mich ist heute ein ganz besonderer Tag. Die erste Zirkusvorstellung von unserer Zirkusschule. Mama macht auch mit.

Hannah wirkt nicht aufgeregt. Sie ist ganz konzentriert. Sie ist die Seiltänzerin und fährt mit dem Einrad.
Und sie jongliert.

Ich bin in jeder Nummer mit dabei. Außer beim Seiltanzen. Und in den Zwischenzeiten moderiere ich die ganze Aufführung.
Es ist echt voll cool.
Und Wendelin ist der Clown.

Nach der gelungenen Vorstellung kommt eine sehr nette Dame zu mir und gratuliert mir. Das freut mich sehr. Mein Herz hüpft innerlich.
Sie fragt mich: „Ich habe dich da auf dem Trampolin bewundert und wollte dich fragen, ob du nicht Lust hast, bei uns im Verein mitzuspringen."
„Was denn für ein Verein?"
„Wir sind ein Sportverein mit der Sparte Trampolinspringen. Und du hast ein super Gefühl dafür.
Soweit ich das vorher gesehen habe. Hattest du schon mal richtige Trampolintrainingsstunden?"
„Nein. Nur das, was mein Papa uns beigebracht hat."
„Wenn du Lust hast, kannst du einfach einmal zu einem Probetraining vorbeikommen."

„Okay, danke. Das mache ich."
„Vielleicht fragst du zuerst deine Eltern."
„Da brauche ich nicht zu fragen. Wenn ich das möchte, dann darf ich auch."

10.03.2014

Juhu. Ich habe fünf Tage spielfrei und sitze im Auto nach Wien. Zwei meiner Kollegen und eine Kollegin sind mit von der Partie. Ich bin mir meines grünen Fußabdrucks bewusst.
Wir singen die ganze Fahrt über Queen-Songs und versuchen einen vierstimmigen Chor zusammenzubekommen. Da ich mich allerdings aufs Autofahren konzentriere, misslingt dies leider kläglich.
Wir hören uns erbärmlich an. Lustig ist es trotzdem, und die drei Stunden vergehen total schnell.

Heute muss ich ja ausnahmsweise pünktlich sein. Ich habe schließlich einen wichtigen Termin, mein erster Trainingstag beim Selbstverteidigungskurs für Frauen.
Für den ich übrigens bestens vorbereitet bin. Tränengas-Spray, Trainingsgewand und viel Aggression auf die Männerwelt.
Warum ich momentan so gereizt auf die Männerwelt reagiere, kann ich gar nicht genau sagen.
Vielleicht, weil ich mich insgeheim schon wieder nach einem Mann und einer Beziehung sehne, es mir aber nicht eingestehen will? Vielleicht bin ich deshalb lieber wütend?
Oder weil ich immer noch wütend auf mich selbst und mein Ohnmachtsgefühl gegenüber diesem Idioten der Mitfahrzentrale bin?

Egal. Bei einem Selbstverteidigungskurs für Frauen kann diese Aggression sicher nicht schaden.

Ich betrete also den Turnsaal mit fünfzehn weiteren Frauen und wärme mich einmal selbstständig auf.
Das bin ich schließlich gewohnt.
Ich beobachte dabei die beiden Männer, die mit einer Liste in der Hand Namen abhaken. Sie sind groß und muskulös, der eine ist um die dreißig, der andere älter. Sie wirken selbstsicher und logischerweise sportlich.
Der jüngere hat ein schönes Lächeln und einen Knackarsch, wirkt aber ein bisschen arrogant. Der Ältere schaut ein bisschen grimmiger und macht die ganze Zeit Witze auf Kosten des Jüngeren.

Ich gehe hin und melde mich an. Name, Adresse, Telefonnummer. Das ganze Programm. Ich zahle meinen Kursbeitrag und los geht's.

„Hallo, wir sind Alex und Max und freuen uns, dass ihr da seid. Heute wollen wir unser Gefahrenradar besser kennenlernen und ausbauen. Wir werden an eurem Auftreten und an der Wahrnehmung von Gefahrensituationen arbeiten. Wir beginnen gleich mit einem kurzen Aufwärmen, um den Körper in Schwung zu bringen. Geht bitte zu zweit zusammen. Wir spielen am Anfang Schattenlauf. Eine von euch läuft weg und macht irgendwelche Bewegungsabfolgen. Die andere ist der Schatten und imitiert das Ganze. Los geht's."
Aufwärmen hab ich zwar schon vorbildlich erledigt, aber okay.
Dann halt jetzt Schattenlauf. Ist eh ganz lustig.

Als nächstes machen wir ein Schulter- und Oberschenkel-Klopfspiel. Jede will die Schulter oder den Oberschenkel der jeweils anderen berühren, die andere will aber natürlich ausweichen.

Alex: „So ihr Lieben, das war das Aufwärmen. Jetzt geht's richtig zur Sache."
Da bin ich mal gespannt.
Max: „Wir beginnen mit der Fallschule. Wie falle ich richtig, um mich nicht zu verletzen, beziehungsweise wie stehe ich schnell wieder auf."
Er macht es sehr energisch vor, und wir beginnen schon zu üben.
Max kommt auf mich und meine Partnerin zu und bemerkt nur trocken: „Sehr gut, aber das Aufstehen muss schneller gehen. Und lass die Hand vorne, der Täter ist ja noch immer in der überlegenen Position."
Ja, ja. Mach ich doch eh.
Alex: „Okay. Das war schon ganz gut, aber was machen wir, wenn wir nicht mehr hochkommen? Wie verteidige ich mich in Bodenlage? Hat jemand eine Idee?"
Ich vorlaut: „Na, ich trete ihm in die Eier."
Gelächter der Gruppe, ich muss halt wirklich immer mein Maul offen haben.
Max: „An sich keine schlechte Lösung, aber du wirst nicht immer dort hinkommen. Denn dein Angreifer kann sehr schnell sein. Also ist es wichtig, die Beine immer zum Gegner zu bringen. Wenn es jetzt möglich ist, trete gegen das Knie und natürlich in die männlichen Weichteile."
Sag ich doch.
Wir spielen jetzt jede einmal das Opfer und einmal den Täter und sind dabei wirklich nicht zimperlich. Schenken uns also voll ein.

Puh, ganz schön anstrengend das Ganze.
Natürlich kann ich keine Müdigkeit oder Erschöpfung zeigen, dafür bin ich viel zu stolz. Und außerdem will ich zeigen, wie gut ich in Form bin, wie beweglich und ausdauernd. Mich könnt ihr nicht fertig machen.
Ich bin eine Sportskanone. Gleichzusetzen mit einer Actionfigur aus Fleisch und Blut. Nicht umsonst bin ich schon jahrelang Stuntwoman. Ich stürze, falle und kämpfe mich von "Kommissar Rex" über "Trautmann" und "Schnell ermittelt" zu "Soko Donau". Ich bin die Lara Croft der Alpenländler. Zwar mit um einiges kleineren Brüsten und ohne Pistolen oder Granaten um den Bauch. Dafür kann ich echte Salti, Liegestütz, Klimmzüge und Flickflacks. Yeah.

Trinkpause. Endlich.
Zeit, um zu regenerieren. Ich trinke zwei Liter aus der Wasserleitung.
Plötzlich sehe ich, wie Max auf mich zukommt.
Ich werde nervös. Freudig nervös.
Er fragt, ob ich denn sehr viel Sport treibe, da ihm aufgefallen sei, dass ich sehr gut in Form bin und mich äußerst gut und gekonnt bewege.
Ich gebe mich natürlich locker und lässig und sage ihm, dass ich Musicaldarstellerin, Artistin und Stuntfrau bin. Und außerdem zweifache Staatsmeisterin im Trampolinspringen.
Wow, das hat ihn beeindruckt.
Er nickt interessiert und geht wieder zurück zu Alex.
Nächster Programmpunkt: Schlagtechnik.
Alex fragt wieder in die Runde. „Weiß irgendjemand von euch, wie frau am besten zuschlägt?"
Ich: „Logisch. So wie in den Filmen, mit der Faust eine ins Gesicht."

Mama Mia, ich kann schon wieder nicht meine große Klappe halten.
Alex: „Knapp daneben, aber trotzdem vorbei. Nein. Mit der Faust sollten nur Menschen zuschlagen, die das auch beherrschen. Geübte Kampfsportler zum Beispiel. Wir hier machen es mit der flachen Hand."
Okay, dann halt so.
Wir bekommen Schlagpolster in die Hand und hauen auf diese ein, was das Zeug hält. Ich bin richtig gut in Fahrt, als Max wieder auf mich zukommt.
Er: „Sehr gut. Stell aber deine Beine ein bisschen offener hin, damit du einen stabileren Stand hast. Sonst wirklich ausgezeichnet."
Na bitte. Geht doch.
Meine verdrängten Aggressionen sind also doch für etwas gut. Obwohl, waren diese Aggressionen wirklich so verdrängt? Meine Eltern würden das verneinen.
Meine Ex-Beziehungen sicherlich auch. Aber egal, jetzt hilft jede innere Kraft, die ich mobilisieren kann.
Schluss. Aus. Ende. Der erste Kurstag ist vorbei.

Nach einer heißen Dusche in den etwas heruntergekommenen Turnsaalgarderoben ziehe ich mich an und will das Gebäude voller Energie verlassen.
Da kommt Max noch einmal auf mich zu und fragt: „Passt bei dir alles soweit?"
Natürlich passt alles. Aber warum fragt er mich nicht, ob wir ein Glaserl trinken gehen? Oder von mir aus auch einen Kaffee? Er tut es nicht, ich sag ihm dafür, dass der Kurs sein Geld wert ist und ich gespannt auf die morgigen Übungen bin.
Und Tschüss. Schade.

Auf dem Heimweg denke ich darüber nach, warum ich so gekränkt bin, weil mich dieser muskulöse, arrogante Jüngling nicht nach einem Date gefragt hatte.
Er muss doch sehen, dass ich die tollste Frau im Kurs bin.
Außerdem ist er sicher solo und mit seinem Job verheiratet.
Das schließe ich daraus, dass er nur WEGA-Shirts anhatte.
Sicher ist er mega stolz darauf oder bildet sich sogar etwas darauf ein, bei dieser Elite-Einheit zu sein. Soll er nur. Ich hab eh was Besseres verdient.
Aber sag ich das nicht immer, wenn es nicht gerade nach meinen Vorstellungen läuft?

Ja! Mit einem Glas Rotwein und dem Buch „Werde übernatürlich. Wie gewöhnliche Menschen das Ungewöhnliche erreichen." beende ich meinen kämpferischen Tag auf dem Sofa.

11.03.2014

7 Uhr. Mein Wecker klingelt. Bäh, nicht meine Zeit. Ich bin und bleib nun mal ein Nachtmensch.
Eine Eule sozusagen.
Ich sehe noch ganz verschwommen, begebe mich aber mit einer ziemlichen Bestimmtheit ins Bad, um meinen Morgenritualen genügend Zeit einzuräumen. Ich wasche mein Gesicht mit einer handgeschöpften Seife und einem Gesichtsschwamm. Dann Gesichtswasser, das Augenserum, das Gesichtsserum und die Gesichtscreme. Danach eine kurze Energiedusche.
Da befülle ich jede Zelle meines Körpers mit Licht. Das ist eine meiner Lieblings-Energietankstellen. Ich stelle mir vor, wie sich über meinem Kopf ein voller Krug mit Licht

entleert. Jede Zelle meines Körpers wird mit diesem Licht befüllt und steckt dann voller Energie. Eine geniale Übung, wenn ich keine Zeit für eine lange Meditation habe.
Zehn Minuten Zähne putzen. Und zu guter Letzt hundert Bürstenstriche mit meiner Wildschweinborsten-Bürste. Leider habe ich da noch keine vegane Alternative gefunden.
Noch ein bisschen Wimperntusche, wobei ich nicht weiß, ob sich das heute wirklich auszahlt. Egal. Ich mach es trotzdem. Max soll ruhig sehen, was ihm entgeht.
Ich bin echt kindisch. Er hat mir doch gar nichts gemacht. Er hat mich nur nicht nach einem Date gefragt.
Scheiß Ego!
Ich trink noch meinen Engelstee aus und mache mich auf den Weg zum Selbstverteidigungskurs. Tag zwei.

Wieder Aufwärmen. Wieder die gestrigen Übungen. Dann kurze Trinkpause.
Immer wieder schaue ich nach Max. Er korrigiert die übrigen Teilnehmerinnen. Bei mir bleibt er auch kurz stehen und meint: „Sehr gut. Kannst dir anscheinend schnell Bewegungsabfolgen merken."
Ich, kühl und gelassen: „Berufskrankheit."
Er lächelt und macht sich wieder auf den Weg zu den anderen.
In meinem Kopf geht's derweil heftig zur Sache. Meine Gedanken halten ein Zwiegespräch:
„Warum fragst du ihn nicht um ein Date, wenn du unbedingt möchtest?"
„Weil ich gar nicht weiß, ob ich will. So cool ist er ja auch nicht."
„Du bist echt eine wahre Emanze! Traust dich nicht einmal, einen Typen um ein Date zu fragen."

„Stimmt. Aber er ist mir eh zu arrogant und 'Spezialpolizei' ist auch nicht gerade der Job, den ich mir für meinen Zukünftigen erhoffe. Ich hätte gerne einen Philosophen, oder einen Heiler, oder einen genialen Künstler."
„Nein. Künstler auf gar keinen Fall. Das bin ja ich. Zu viel Konkurrenz."
Was also soll ich tun?
Genau! Einfach die nächste Übung. Die besteht darin, auf den Schlagpolster zu treten und zu stoßen.
„Gebt acht, dass ihr die Hüfte in die Kicks mit hineinlegt. Die Kraft kommt aus der Hüfte."
Ha, die Hüfte vorschieben. Das kann ich gut.
Meine Partnerin und ich stellen uns echt gut bei den Übungen an, und auch Alex und Max bemerken das lächelnd. Max deutet sogar: Daumen hoch.
Befreiungstechniken sind als nächstes dran. Max stellt sich in die Mitte des Turnsaals, damit ihn alle verstehen können.
„Wir werden euch jetzt ein paar Befreiungstechniken zeigen. Die erste ist die Befreiung von Handgelenksgriffen. Alex hat das sehr schön gezeigt, aber jetzt möchte ich eine Freiwillige. Wer will?"
Niemand meldet sich, und ich muss innerlich lachen.
Max: „Du! Stuntmäuschen komm doch zu mir in die Mitte und mach diese Übung mit mir!"
Meint der mich? Hat der arrogante Schnösel jetzt echt 'Stuntmäuschen' gesagt?
Ich bin fassungslos und es verschlägt mir die Sprache. Aber ich begebe mich, wie in Trance, in die Mitte des Raumes.
Als ich mein volles Bewusstsein wieder erlange, sage ich: „Was heißt hier bitte Stuntmäuschen, du Bruce Lee für Arme? Du wirst gleich sehen, wie aus einem Mäuschen eine Harpyie wird."

Max: „Sorry, war nicht so gemeint. Kleiner Scherz am Rande. Aber leider kann ich mir einfach keine Namen merken. Harpyie werde ich aber sicher nicht vergessen."
Alle lachen, selbst ich. Noch immer gekränkt finde ich, dass er ein Idiot ist. Ich bin doch absolut kein Mäuschen. Egal.
Was viel schlimmer ist: Hab ich jetzt echt gesagt, dass er mich Harpyie nennen soll? Wo bin ich denn gerade dagegen gelaufen?
Oder habe ich doch ein paar Schläge zu viel auf meinen Kopf bekommen und das Zentrum im Gehirn beschädigt, das für überlegte und sich nicht selbstschädigende Aussagen zuständig ist?
Peinlich! Echt peinlich.
Themenwechsel und Konzentration auf den bevorstehenden Befreiungsakt.
Jetzt kann ich mich nur noch durch besonders talentiertes Auftreten beim "Akt der Befreiung" aus dieser peinlichen Situation retten. Und es gelingt mir tatsächlich ganz gut. Ich bin aufmerksam wie eine Füchsin und beobachte jede Bewegung von Max. Auf einmal nimmt er mich von hinten in einen Würgegriff, versucht, mir die Luft abzudrücken. Er faselt irgendwas von: „Jetzt hast du keine Chance, Süße." Er spielt dabei natürlich die Rolle eines bösen Vergewaltigers oder so, und Alex kommentiert das Ganze.
Aber er rechnet nicht mit der bescheuerten Harpyie, die sich als Jugendliche immer die Olympischen Spiele angeschaut hat und jetzt einfach etwas ausprobiert, das sie im Fernsehen gesehen hat. Und das in der Hitze des Gefechts auch noch klappt.
„Astreiner Seoi-nage", schießt es Alex aus dem Mund.
Max schaut verdutzt, da er damit nicht gerechnet hat, und Alex meint nur trocken: „Gibt es sonst noch jemanden, der

Judo kann? Mit dieser Fertigkeit könnt ihr nämlich zu 90 % eure Gegner mit Leichtigkeit überwältigen."
Ich: „Ich kann gar kein Judo. Sonst wäre ich wohl nicht hier, oder?"
Alex: „Na, dafür war der Wurf echt sensationell."
Ich: „Tja. Gutes Auge."
Alex: „Echt talentiert. Also bei dir mache ich mir keine Sorgen im realen Leben. Du bist sicher um keine Antwort verlegen und auch schnell beim Verteidigen deines Lebens und deiner Ehre."
Ich: „Ja. Da könnt ihr euch sicher sein."
Max liegt noch immer auf dem Boden und zeigt uns jetzt sehr langsam, wie wir uns aus der brenzligen Situation befreien können. Er riecht echt gut. Mein Ego hat sich wieder erholt, und das Üben der Befreiungstechniken macht voll Spaß. Die Zeit vergeht wie im Flug. Nur mein unbändiger Durst erinnert mich an die nächste Pause.
Da tönt es schon aus Alex' Mund: „Schluss für heute."
Ich begebe mich zur nächsten Wasserleitung, trinke rasch und viel und packe dann wie alle anderen mein Zeug zusammen. Ich möchte so schnell wie möglich an die frische Luft kommen.
„Hey Harpyie", höre ich hinter meinem Rücken.
Langsam drehe ich mich mit einem breiten, übertriebenen Lächeln um.
„Ja?", tönt es selbstsicher aus meinem Mund.
Max: „Woher kannst du Judo? Mal ehrlich. Das war doch kein Zufall."
Ich: „Kann ich echt nicht. Ich kann mir nur schnell Bewegungsabfolgen merken. Ich habe viel Olympia geschaut."
Max: „Echt jetzt? Vielleicht hast du ja Alex gesehen. Er war 1992 in Barcelona bei den Olympischen Spielen dabei."
Ich: „Cool. Und?"

Max: „Ich mache auch schon seit meiner Kindheit Judo. Hab sogar einen eigenen Verein."
Ich: „Und hat Alex was gewonnen?"
Max: „Ja, eine Knie-OP. Meniskus abgerissen."
Ich: „Scheiße. Mich interessiert Sport als Zuschauerin eigentlich nur bei Olympia. Da schaue ich mir fast alles an."
Max: „Das heißt, du kannst auch gut Gewichtheben oder Synchronschwimmen?"
Ich: „Haha, sehr lustig. Das war einfach Glück heute. Weil du mich so geärgert hast. Überraschungseffekt sozusagen."
Max: „Ja, das habe ich gemerkt. War echt ein guter Wurf."
Ich: „Na gut, dann bis morgen. Und wie du siehst, ich bin absolut kein Mäuschen."
Max: „Ja, schon gut. Hab's verstanden. Bis morgen. Und schau heute Abend bitte keine Kampfsportsendungen."
Ich: „Sehr lustig. Tschüss."

Auf dem Heimweg grüble ich natürlich wieder über diesen überheblichen Max nach. Er hat echt gut gerochen, und irgendwie taugen mir diese kleinen Kämpfe, die wir da unbewusst austragen.
Diese Spielchen, die wir spielen. Kann es sein, dass er mich auch irgendwie cool findet?
Vielleicht irre ich mich ja auch. Ich werde es schon noch herausfinden. Aber für einen One-Night-Stand wäre er sicherlich nicht der Falsche. Riecht gut, muskulös und kräftig. Ideal eigentlich.

So viele Gedanken.

12.03.2014

Letzter Tag des Selbstverteidigungskurses.
Ich habe zu meinem Entsetzen festgestellt, dass ich einen ordentlichen Muskelkater im Hintern und in den Beinen habe. Das wird natürlich niemand erfahren.
Heute ist die Abschlussübung. Dafür treffen wir uns vor einem leeren, heruntergekommenen, alten Gebäude.
Wir alle müssen einzeln in das Haus gehen.
Wenn eine herauskommt, darf die Nächste rein.
Die, die schon drinnen waren, dürfen nicht ausplaudern, was in diesem geheimnisvollen Gebäude vor sich geht. Ich bin die Nächste.
Mit hochgezogenen Schultern und geballten Fäusten begebe ich mich in das Haus. Langsam steige ich die Treppen des Stiegenhauses nach oben. Es ist dunkel und stinkt. Da haben sich die beiden echt etwas Cooles ausgedacht. Wie in einem Thriller. Auf einmal springt ein fettes Michelin-Männchen auf mich zu und attackiert mich. Wer von den beiden das ist, weiß ich nicht. Ich bin auch ziemlich erschrocken, muss ich gestehen. Mit einem komischen Stimmverstellungsgerät spricht dieser große gepolsterte Mensch jetzt: „Was is' Puppe? Geh ma auf a Suppe? Du bist echt a geile Oide. Kann i di mit ham nehma? Bu bist nett, geh mit mir ins Bett."
Woher haben die solche Sprüche?
Ich antworte jedenfalls mit lauter, energischer Stimme: „Schleich di, du notgeiler Bock."
Daraufhin wird der Michelin-Mann handgreiflich und betatscht mich. Ich lasse mir das natürlich nicht gefallen und schlage mit voller Wucht zu. Oben, unten, in der Mitte. Ich weiß zwar nicht, ob ich irgendeine der gelernten Techniken

anwende, aber die Situation lässt mich einfach nicht nachdenken.
Schreiend und kämpfend merke ich jetzt, dass Alex neben mir steht, und mich beobachtet. Fast hätte ich auch ihm eine geknallt. Ich bin voll im Vernichtungsmodus. Bam! Täter in die Flucht geschlagen. Ziel erreicht.
Alex nimmt mich jetzt fest bei den Schultern und erklärt mir, dass die Übung vorbei ist.

Ich bin immer noch ganz aufgewühlt.
Einatmen, ausatmen.
Ich beginne, laut zu lachen und lasse das Geschehene Revue passieren. Voll ausgezuckt bin ich gerade.
Geil war's.
Nach Beendigung der ganzen Übung sitzen wir alle noch beisammen und besprechen das Wichtigste. Welche Reaktionen gut waren und welche weniger. Ich muss sagen, das war echt genial. Einfach die Sau rauslassen. Voll drauflos. Also Typen: wenn ihr euch das nächste Mal neben mir einen runterholen wollt, seid gefasst auf meine Reaktion. Die wird nämlich unvorhersehbar.

Wir verabschieden uns alle und Max sitzt ziemlich fertig in seinem gepolsterten Ganzkörper-Schutzanzug auf einer Bank.
Ich strecke ihm meine Hand entgegen und bedanke mich für die tolle Erfahrung. Und das meine ich wirklich ehrlich.
Woraufhin er meint: „Danke, das ist lieb. Miss Harpyie. Du warst echt gut."
Wir lachen und ich sage: „Das mit dem Namen war ja nur ein blöder Scherz."
Er: „Na geh. Ich find's lustig."

Ich: „Na dann darfst du mich weiterhin so nennen. Wobei ich nicht weiß, ob wir uns noch einmal über den Weg laufen."
Er: „Man trifft sich im Leben immer zweimal. Das hab ich mal gehört, und der Sager gefällt mir."
Ich: „Na in diesem Sinne. Gute Erholung noch und einen schönen Tag wünsche ich dir."
Max: „Ja. Dir auch alles Gute und viel Erfolg in deinem Job. Apropos. Wo bist du denn zurzeit zu sehen, wenn du nicht gerade Männer verhaust?"
Ich: „Im Stadttheater Klagenfurt. 'Singing' in the rain'. Ein Musical."
Max: „Du wirst es kaum glauben, aber ich weiß, dass 'Singin' in the rain' ein Musical ist. Viel Erfolg damit. Vielleicht sieht man dich ja dann mal in Hollywood oder am Broadway."
Ich: „Wieso sollte ich das Klagenfurter Stadttheater gegen den Broadway eintauschen? Das würde doch niemand tun!"
Wir lachen beide und ich mache mich auf den Heimweg.
Er hat allem Anschein nach einfach kein Interesse an mir.

Gut, dann also wieder Rotwein.

13.03.2014

8 Uhr. Der Wecker klingelt. Warum schon wieder so früh?
Ach ja, heute ist wieder mein Bloggingkurs.
Wahnsinn. Ich habe fünf Tage frei und packe diese Zeit voll mit Kursen und Aufgaben, die ich mir selbst stelle.
Tja, nur so kann frau eben weiterkommen im Leben und das Leben und all seine Facetten erfahren.

Egal, ob meine Gedanken rechthaben oder nicht, ich mache mich fertig und setze mich vor meinen Laptop.
Heute geht es um unsere Vision. Etwas, das größer ist als nur der Job oder das Privatleben.
Aber was ist das bei mir?
Wohlstand, Berühmtheit, Reichtum und eine funktionierende Beziehung? Nein.
Es soll was Persönliches sein.
Weltfrieden? Umweltschutz?
Ja. Ha, Feminismus!

Meine Vision: Werfen wir die Wegwerfgesellschaft auf den Müll. Sind Frauen die Lösung?

Meiner Meinung nach JA.
Frauen sind definitiv die Lösung. Aber wie, was, wann und warum?

Für mich ist dieses Thema etwas komplex, aber fangen wir einmal beim Anfang an.

*Unsere **Klimakrise** ist eine der größten Herausforderungen der heutigen Zeit.*

Präsidenten, Firmenbosse und Konzerngurus, die nur an Geld scheffeln und Machtausübung denken und unsere Erde kaum atmen lassen.

*Die **Ursache** des Problems: **Männer in Machtpositionen,** die Entscheidungen treffen, die uns ALLE angehen.*
***Barack Obama** (Präsident USA), **Wladimir Putin** (Präsident Russland), **Xi Jingping** (Generalsekretär, Kommunistische Partei), **Jeff Bezos** (Gründer, Amazon, USA), nicht zu vergessen unseren **Papst Franziskus** (Papst, römisch-katholische Kirche, Vatikan), **Bill Gates** (Co-Gründer, Bill & Melinda Gates Foundation, USA), **Mohammed Bin Salman Al Saud** (Kronprinz, Saudi-Arabien), **Larry Page** (Co-Gründer, Alphabet, USA), **Mark Zuckerberg** (Co-Gründer, Facebook, USA), **Jair Bolsonaro** (Präsident, Brasilien), um nur einige zu nennen.*

Und wann kommt da endlich eine Frau?

*Ja, **Angela Merkel** als Bundeskanzlerin Deutschlands, eine der wenigen Frauen in wichtigen politischen Positionen und dann wieder lange keine. In der* Forbes-Liste *der **mächtigsten***

__Menschen__ 2013 waren von __75 Personen__ nur __fünf Frauen__ aufgelistet.
Für mich ist es also ganz logisch und klar, dass die __Missstände,__ die auf unserem Erdball herrschen, hauptsächlich ein __männliches Fiasko__ sind. Denn diese treffen ja die maßgeblichen Entscheidungen. Logisch, oder?

Die alte Lüge mit der Leistung!

Warum aber ist das so? Warum gibt es so __wenige Frauen__ in den __Führungsebenen__?
Wollen wirklich alle nur bei Kind und Hund bleiben, um zu kochen oder zu putzen? Oder sind sie so viel dümmer und ahnungsloser?
"Was zählt, ist die Leistung, und wir wären ja verrückt, wenn wir nicht die Besten nehmen würden, die wir kriegen", so Hellsberg, der ehemalige Vorstand der Wiener Philharmoniker auf die Frage, warum der Frauenanteil bei den Wiener Philharmonikern so gering wäre. Damals war der Frauenanteil fünf Prozent. Mittlerweile ist er zehn Prozent. Immer noch VIEL zu wenig.
Sind Männer die besseren Musiker? Oder warum ist das immer so?

NEIN, definitiv nicht.

Frauen haben es in Spitzenorchestern einfach oft schwer. Die gebürtige Amerikanerin Carole Dawn Reinhart schloss 1964 als erste Frau an der Wiener Musikhochschule ein Trompetenstudium ab. Ihr Professor hat ihr damals gesagt: "Schade, dass du ein Mädchen bist. Sonst könntest du ein Philharmoniker werden." So ist es leider auch heute noch zum Großteil. Und wenn du jetzt meinst: "Na, das war damals", liegst du falsch. Denn auch heute herrscht noch das Vorurteil, dass Männer dies und jenes besser können.

Bei den "London Philharmonics" ist der ***Frauenanteil*** *mittlerweile 30 %, aber das auch erst, seitdem sie das Experi ment durchführten, bei dem die Person, die vorspielt, nicht mehr sichtbar ist. Das heißt, sie wissen nicht, ob eine Frau oder ein Mann vorspielt. Warum trotzdem nur 30 % und nicht 50 %?*

Weil einfach weniger Frauen ein Instrument studieren bzw. ein Aufnahmeverfahren probieren.
Das ist jetzt nur ein Beispiel. Du kannst das Orchester aber auch austauschen mit ***Politik***, ***Vorstandsmitgliedern***, ***Dozenten***, ***Universitätsprofessoren***, ***Ärzten***,*... eigentlich mit fast allen Berufsgruppen.*

Ja, es ist nach wie vor ungerecht verteilt, und warum? Ich meine, es liegt schlicht und einfach an ***Macht und Geld***. *Männern ist es wichtiger, Macht und Geld zu haben, und sie tun alles dafür.*

Sind Frauen die Lösung?

Ganz so einfach ist es natürlich nicht. Denn Frausein alleine reicht nicht.
Wir müssten da einmal genau definieren, was Frau- und Mannsein bedeutet. Wie genau ist eine Frau? Wie ist ein Mann?
Genau, da gibt es eigentlich keine klare Definition, außer die biologische. Denn wir sind im Verhalten alle verschieden, und das ist gut so.
Vielmehr geht es um die ***weiblichen und männlichen Aspekte***.
Und da gibt es eine ganz ***einfache Lösung***: ***Weibliche Aspekte*** *müssen aufgewertet werden.*

*Wir müssen anfangen, unsere **Gefühle offen zu zeigen**, ohne dafür kritisiert zu werden. Männer wie auch Frauen. Mädchen so wie Buben.*
***Werte** wie:*

- ***Solidarität***
- ***Einfühlungsvermögen***
- *für **Gemeinschaft** einstehen*
- ***Behutsamkeit***
- ***Achtsamkeit***
- ***Verletzbarkeit als Stärke***
- ***Versorger*innenrolle** leben*
- ***Nähren***
- ***Intuition***
- *Sich als **Teil des Ganzen** wahrnehmen*

*... gehören in unserem Umgang miteinander, mit der Natur und mit allen Lebewesen auf dieser Erde gelebt. Wir brauchen ein **Miteinander** und kein Gegeneinander.*
*Etwas, das ich häufig beobachte, ist, dass sich Frauen in Führungspositionen dann oft wie Männer verhalten. Das ist aber nicht das Ziel. Ziel ist es vielmehr, sich selbst treu zu bleiben. Genau dann können wir **die Welt retten.***

Wir müssen ein für alle Mal aufhören, in Klischees bzw. klassischen Rollenmustern zu denken.

*Heute schlimmer als zu meiner Jugend ist das Klischeedenken und der **rosa-blaue Wahnsinn**.*
Ich war unlängst in einem Kinderbekleidungsgeschäft und sehe auf einer Seite Rosa mit Ponys, Einhörnern, Arielle, Schuhen und Lippenstiften auf den Shirts, und auf der anderen Seite sehe ich Blau mit Superhelden, Autos, Polizei, Baggern und Feuerwehr.

Das ärgste war Lidl mit seinen Pullovern. Auf dem für Burschen stand "I am a Superhero" und bei den Mädels stand "Dad is my Superhero". Das ist sooooo zum Kotzen.

Was soll das den Töchtern unserer Gesellschaft zeigen? Wo ist da die Mama? Und wo sind sie selbst? Unsere tollen Superheldinnen.

Selbstwahrnehmung versus Fremdwahrnehmung

Viele Menschen wünschen sich ja auch ***Gleichberechtigung*** *oder* ***Gleichstellung*** *und meinen, dass sie ihre Kinder gleich behandeln. Egal, ob Bub oder Mädchen.*

"Aber rosa braucht man einem Buben wirklich nicht anziehen", geben dann trotzdem manche dieser Personen von sich. Warum nicht rosa?

Hören wir bitte endlich auf mit Klischees!
*Meine Schwester bildet angehende Kindergartenpädagog*innen aus und hat mir folgende Beobachtung erzählt:*

*Sie hat einmal in einer Klasse gefragt, ob die Studierenden Buben und Mädchen gleich behandeln. Die Student*innen meinten natürlich: "Ja, komplett gleich." Dann hat sie sie weiter gefragt, ob sie denn mit Buben auch "Elsa", also "Eiskönigin", spielen und ob sie mit Mädchen auch rangeln. Dies wurde beides eher verneint. Sehr interessant. Was haben die Pädagog*innen da wahrgenommen? Sie dachten, sie seien vorurteilsfrei. Bauecke – Puppenecke.*
Das gängige Klischee herrscht also noch immer; und mehr als in meiner Kindheit, wie ich empfinde.

- ***Bauecke versus Puppenecke***
- ***wild spielen versus malen und basteln***

- ***laut sein versus singen***

Hören wir bitte endlich damit auf!

***Mädchen** können **wild, laut, intelligent, technisch interessiert, lebhaft** und **dreckig sein**.*

***Buben** können **gefühlvoll, einfühlsam, ruhig, kochend, malend** und **eitel sein**.*

Und ja, Mädchen und Buben können ALLES sein.

*Lassen wir bitte Buben **weinen** und Mädchen **herumtoben** und **schlagen!***
*Aber jetzt zurück zu meiner Kernaussage. Und zu meiner **VISION**.*

1. ***Bis 2050 möchte ich mindestens 50 % Frauen in machthabenden Positionen sehen!***
2. ***Wir Menschen können nur überleben, wenn wir aufhören, Schrott-Produkte zu kaufen** (z. B: Plastik, Einwegbecher und -teller, Plastikbesteck, Wattestäbchen, Feuchttücher, Strohhalme, Luftballons, Frischhaltefolie, ...). **AUS für Plastik** bis **2025.***
3. *Für alles, was wir der **Natur nehmen**, muss etwas **zurückgegeben werden. Z. B. Bäume pflanzen für eine Flugreise, Kräuter züchten fürs Autofahren, wilde Blumen im Garten wachsen lassen.***
4. ***Tiere** als **liebende Lebewesen** wahrnehmen und nicht als Nahrung oder Spielzeug.*
5. ***Mehr Zeit für Natur und Liebe**. Und zwar in der Natur mit den eigenen Liebsten.*

Genau das wünsche ich mir für uns alle.

Ich möchte, dass unsere Töchter, wenn ich dann mal welche habe, genauso wie unsere Söhne mitbestimmen, wie es auf unserer Erde zugeht.

Ich will Präsidentinnen, Bundeskanzlerinnen, Managerinnen, Gründerinnen, Professorinnen an der Universität, Bürgermeisterinnen, Philharmonikerinnen und was es sonst noch so gibt an Führungspositionen.
Ich will mehr Pippis – weniger Pimpfis!
Okay, das war jetzt vielleicht unter der Gürtellinie, aber Pippi Langstrumpf war und ist nun mal ein veritables "role model".

Und ich möchte, dass es nicht mehr so schwer für unsere Töchter ist, sich so eine Position zu erkämpfen. Schluss mit Vorurteilen.

***Mein Traum** ist ein **wuchernder Regenwald in Brasilien, vier Jahreszeiten in Österreich**, einfach eine **gesund atmende Erde mit glücklichen Töchtern und Söhnen**.*

Und dafür braucht es meiner Meinung nach ein starkes Umdenken und vor allem ein empathisches Handeln.

*Ja, ich bin davon überzeugt, dass **Frauen und Männer**, die die **weiblichen Aspekte** mehr hervorkehren, die **Lösung** für die meisten unserer Probleme sind.*

Was ist deine Vision?

Lass mir einen Kommentar hier!

Ich wünsche euch eine schöne Zeit mit viel Liebe und Natur.

Fertig.
Gar nicht so schlecht für meinen zweiten Blogartikel.

Bin gespannt, ob ich jemals Töchter und Söhne habe.
Da bräuchte ich natürlich vorher einmal einen akzeptablen Mann. Ahhh, da ist es schon wieder, dieses Beziehungsthema.

Kaffeezeit.

Ich bin ja immerhin schon ewig wach, und mein Körper ist diese Zeitumstellung von Eule zu Lerche überhaupt nicht gewohnt.

Ein kurzer Blick auf mein Handy. Ein Anruf in Abwesenheit. Ich schaue in die Telefonliste. Es ist die Nummer meines Stunt-Koordinators, Mister E.. Er hat mir eine Nachricht hinterlassen, und ich bin natürlich total neugierig, was er will.
Er hat einen Stunt für mich in einer österreichischen Fernsehserie und fragt, ob ich rudern kann. Ich wäre ein Mordopfer und würde beim Rudern ertränkt werden. Und ob es mich störe, eine Nacktszene zu drehen. Dafür gäbe es dann doppelte Gage.
Logisch.
Ich rufe natürlich sofort zurück, sage ihm, dass ich doppelte Gage super finde, nackt kein Problem sei und ich das Rudern schon irgendwie hinbekäme. Habe ja schließlich schon ein paar Mondscheinpicknicks hinter mir. Und die Kohle kann ich echt gut gebrauchen.
Der Dreh ist nächste Woche Mittwoch. Am 18.
Scheiße.
Ich: „Hab leider Vorstellung, aber wann genau ist denn der Dreh?“
Mister E.: „Acht Uhr Drehbeginn. Sieben Uhr Maske.“
Ich: „Am Abend?“

Mister E.: „Nein, in der Früh."
Ich: „Und wie lange wird es dauern?"
Mister E.: „Du weißt eh, wie das beim Film ist. Kann man nie wissen. Aber bis Mittag sollten wir fertig sein, dann ist nämlich Motivwechsel."
Ich: „Okay, passt. Ich fahre dann am Dienstagabend nach der Vorstellung nach Wien und am Mittwoch nach dem Dreh wieder zurück nach Klagenfurt. Das sollte sich ausgehen."
Mister E.: „Super. Und geh a bisserl Rudern üben. Bist ja eh am Wörtersee."
Ich: „Sehr lustig. I probier's. Danke für den Job."
Mister E.: „Ciao."
Das wird stressig. Aber so ist es nun mal. Ich nehme, was ich kriegen kann. Und Leiche spielen kann ich gut.
Ich bin quasi die Leiche der Nation.

14.03.2014

So, jetzt reicht's aber mit dem Morgenstund-hat-Gold-im-Mund-Scheiß. Ich will schlafen. Ich bin müde, grantig und Sex hatte ich auch schon lange nicht mehr.

Mein Handy hört trotzdem nicht auf zu klingeln. Warum vergesse ich immer wieder es auszuschalten?
Selbst schuld.
Wer ist es? Schwesterherz.
Sie: „Hallo! Hast du kurz Zeit?"
Ich: „Eigentlich nicht, ich hab noch geschlafen."
Sie: „Sorry, aber ich bin so wütend, ich kann das gar nicht beschreiben. Wir müssen sofort eine Demo organisieren."
Ich: „He, ganz ruhig. Was ist denn passiert?"

Sie: „Diese Sexistenärsche wollen uns echt wieder ins Mittelalter versetzen."
Ich: „Ja, aber welche jetzt genau?"
Sie: „Schau. Das österreichische Normungsinstitut schlägt in einem Entwurf zur ÖNORM A 1080 vor, auf weibliche Formen zu verzichten und stattdessen mittels Generalklauseln klarzustellen, dass Frauen in der männlichen Form mitgemeint seien. Auf weibliche Formen könne in schriftlichen Texten verzichtet werden, denn männliche Formen würden für beide Geschlechter gelten, so die Empfehlung. Ist das nicht der absolute Wahnsinn?"
Ich: „Arg. Und was meinst du, sollten wir jetzt tun?"
Sie: „Demos. Jeden beschissenen Tag. Weißt du eigentlich, was für ein wesentliches Instrument eine geschlechtergerechte Sprache neben zahlreichen anderen notwendigen Maßnahmen zur Gleichstellung von Frauen und Männern ist?"
Ich: „Ja, schon klar."
Sie: „Ich mein, wir dürfen zwar bei manchen Berufen weiblich bleiben. Wie zum Beispiel: Putzfrau, Hebamme oder Kindergartenpädagogin, was ja überhaupt kein Rollenbild prägt. Aber sonst soll das Weibliche einfach aus der Sprache verdrängt werden."
Ich: „Das ist echt bescheuert. Macht die Frauen durchsichtig oder zum Anhängsel des Mannes. Schwesterherz, ich versteh deinen Ärger total, aber würde gerne noch ein bisschen schlafen. Ich melde mich später, und wir besprechen eine Strategie für den Kampf gegen die Machoärsche."
Sie: „Okay. Demonstrieren. Wir müssen demonstrieren. Tschüss."
Mir gehen das Thema und meine Schwester jetzt natürlich nicht mehr aus dem Kopf. Es sollte doch mit der Gleichberechtigung endlich nach vorne losgehen. Nicht nach

hinten. Es muss doch endlich wieder einmal Politiker*innen geben, die sich radikaler als bisher für die Gleichberechtigung einsetzen.
Verdammte Scheiße nochmal.

18.03.2014

Die Fahrt gestern Nacht nach der Vorstellung heim war ein Horror. Klagenfurt - Wien in drei Stunden. Mein geliebtes „Schlumpfmobil" hat allerdings nur 55 PS, deshalb war es über die Pack und den Wechsel etwas anstrengend. Ich wollte schon aussteigen und anschieben helfen. Aber ich will ja nicht lästern. Ich liebe mein Auto.

Es ist jetzt 7 Uhr, und ich sitze bei bester Laune in der Maske. Naja, beste Laune ist übertrieben, aber ich bin schon gespannt auf den Stuntdreh fürs "Donauweibchen". So heißt die Folge.
Wir drehen an der Alten Donau beim Polizeisportverein. Fertig geschminkt begebe ich mich gemeinsam mit Mister E. zum Set. Er zeigt mir das Boot, und ich bekomme kurzzeitig einen Schock.
Ich: „Das ist ja ein Profiboot."
Mister E.: „Ja, was hast du denn geglaubt? Hab i des net dazu gesagt?"
Ich: „Nein, das hast du nicht."
Mister E.: „Egal. Probier ma des einfach aus. Und wirke erhaben."
Ich: „Du bist gut! Wirke erhaben. Ich mach mir gleich in die Hos'n. Des kann i ja gar net."
Mister E.: „Wir haben jetzt eh noch a bisserl Zeit zu proben. Da schaut noch keiner zu. Also schwing dich ins Boot."

Ich versuche, mich in das besagte Rennboot zu setzen. Das ist total wackelig und mein Hintern ragt auf beiden Seiten sicher fünf Zentimeter über den Sitz. Ich habe ja grundsätzlich ein ganz gutes Gleichgewichtsgefühl. Aber mit so etwas habe ich echt nicht gerechnet.
Mister E.: „So, und jetzt probier mal zu rudern. Bis zur Brücke."
Ich probiere und beim ersten Versuch, die Ruder aus dem Wasser in die Luft zu hieven, um sie dann mit einer runden Bewegung wieder ins Wasser zu versenken, verliere ich das Gleichgewicht und knall ins Wasser.
Mister E. bekommt einen Lachkrampf, ich lache mit, bin innerlich aber total wütend auf mich selbst.
Das ist doch echt scheiße. Natürlich versuche ich, mir nichts anmerken zu lassen. Aber in mir heule ich und verfluche alles um mich herum. Wie soll ich diesen Dreh professionell hinter mich bringen?
Okay. Wir rudern jetzt, indem Mister E. im Taucheranzug ins Wasser springt und von unten das Boot hält und mitschwimmt. Damit ich das Gleichgewicht besser halten kann. Diese Variante ist gar nicht so schlecht. Einziges Manko: Wir kommen fast nicht vom Fleck.
Jetzt kommt auch noch die Aufnahmeleiterin und gibt uns Bescheid, dass es in zehn Minuten hier weitergeht mit dem Stunt.
Okay, ruhigbleiben. Wie soll ich das nur hinbekommen?
Ich werde trockengelegt und wir lassen uns nichts anmerken.
Erste Einstellung. Ein Taucher, also Mister E., sieht mich im Boot sitzen, schnellt von unten aus dem Wasser, erschreckt mich und zieht mich hinunter, um mich zu ertränken. Easy. Theatralisch ins Wasser stürzen kann ich.

Ich hab zwar ein Stück Holz vom Boot abgebrochen, aber das ist eben Berufsrisiko. Fürs Boot.
Okay, das war gut. Alle klatschen und die Szene ist im Kasten.
„Jetzt bitte das Close-up der Ruderin“, tönt es vom Regisseur.
Das bekomme ich auch noch hin. Ich setze mich also ins Boot und tue so, als würde ich unter enormer Anstrengung rudern. Wobei die Anstrengung gar nicht einmal so vorgetäuscht ist. Ich muss ja das Gleichgewicht auf diesem beschissenen Profiboot halten.
Gut. Auch im Kasten.
Die Kameraeinstellung wird jetzt noch einmal geändert und ich begebe mich wieder in die Maske, um das Make-up aufzufrischen.
Ich geniere mich total. Ich hasse es, wenn ich etwas machen muss, das ich überhaupt nicht kann.
Und woher konnte ich denn wissen, dass die mir ein Profiboot herstellen. In mir mischen sich gerade Wut, Unsicherheit und Traurigkeit.
Ja, auch das ist Showbusiness.
Frisch geschminkt und trocken begebe ich mich wieder ans Set. Ich soll jetzt vom Bootssteg bis zur Brücke rudern. Das sind ungefähr hundert Meter.
Ich setze mich also in das super tolle Profiboot, während sich Mister E. ins Wasser begibt. Er hält das Boot vorne, um mir beim Einsteigen zu helfen. Ich versuche, ganz ruhig und ohne Hektik, die Ruder zu bewegen. Nichts!
Ich bewege mich keinen Millimeter. Noch einmal. Jetzt bewege ich mich etwas energischer, und bam, falle ich ins Wasser. Scheiße.
Alle Augen sind auf mich gerichtet. Die lachen nicht einmal, da sie so unter Zeitdruck stehen.

Jetzt geht der Produktionsleiter zu Mister E. und tuschelt irgendwas mit ihm. Mister E. schwimmt zu mir.
Neuer Versuch. Er hält jetzt das Boot noch fester, während er unter Wasser ist und die Luft anhält.
Okay. Also das Ganze von vorne.
Ich werde nochmals trockengelegt und wir probieren die gleiche Szene erneut. Platsch! Wieder keinen Meter bewegt und ins Wasser gefallen. Gut. Es funktioniert also nicht.
Klitschnass und entmutigt steige ich aus dem Wasser. Ich kann gar nicht beschreiben, wie peinlich es mir ist und wie gerne ich jetzt einfach im wunderbaren Erdboden versinken würde.
Oder in der Donau. Einfach nur weg.
Die Produktionsleitung bespricht jetzt sehr hysterisch, was sie tun können und entscheiden sich dafür, eine Profiruderin zu engagieren.
Jetzt werde ich also gedoubelt.
Natürlich bin ich noch lange nicht fertig, denn bis die Profiruderin da ist, gibt es noch einige Einstellungen zu drehen.
Ich werde also wieder in die Maske gebracht, um für die Nacktszene geschminkt zu werden.
Dazwischen telefoniert Mister E., um eine Profiruderin zu finden. Irgendwie skurril. Ein Stuntgirl bekommt ein Double. Haha.
Ich versuche jetzt nicht weiter darüber nachzudenken, aber ich merke, dass ich immer trauriger werde.
Am liebsten möchte ich losheulen und das Set verlassen.
Tja, aber da muss ich jetzt durch.
Nackt stehe ich jetzt in der Maske und werde weißlich angesprüht, um gräulich und tot zu wirken.
Ich mime ja schließlich eine Leiche. Das dauert ganz schön lange. Und obwohl Sommer ist, friert es mich ein bisschen.

Mister E. kommt freundlich, aber etwas gestresst zur Tür herein und teilt uns mit, dass wir am Set erwartet werden. „Ach ja, und eine Ruderin hab ich auch gefunden. Eine Profiruderin direkt von hier. A Polizistin also. Hihi."

Na gut. Zumindest nimmt Mister E. – oder auch Ernst – das Ganze nicht allzu ernst.

Mir fällt es gerade echt schwer, nicht in Selbstmitleid zu verfallen.

Mit einem gefakten Lächeln begebe ich mich also wieder zum Set und lege mich nach Anweisung des Regisseurs nackt ans Ufer. Ein Fuß hängt dabei im Wasser.

Die Maskenbildnerin verteilt jetzt noch Algen auf meinem Körper. Freundlicherweise verdeckt sie meinen Genitalbereich damit. Es ist ja schließlich eine Familienserie. Der Busen bekommt jetzt auch noch Schlamm und Algen ab.

Jetzt scheint bei der nackten Leiche nur noch ein von Kälte zusammengezogener Nippel hervor.

Aber immerhin. Doppelte Gage.

Die Szene läuft so ab, dass mich ein Kriminalbeamter entdeckt, mich als Leiche erkennt, einen weiteren Kriminalbeamten und eine Kriminalbeamtin holt, um mich ihnen zu zeigen. Dann holen sie einen Gerichtsmediziner, der ebenfalls bestätigt, dass ich tot bin und seine Meinung zum Todeszeitpunkt abgibt. Eine endlos lange Szene also.

Mir wird immer kälter, und ich bekomme am ganzen Körper Gänsehaut. Meine Brustwarzen ziehen sich extrem zusammen und stehen nach Oben. Ich zittere. Meine Güte, jetzt kann ich nicht einmal mehr als nackte Leiche überzeugen.

Zum Glück fällt das niemandem auf. Bis es einer der Schauspieler merkt und unfreundlich beim Regieassistenten petzt: „Mann, macht doch weiter, die Arme erfriert uns sonst noch." Unschwer zu erkennen, ein Deutscher.

Um das Set herum hat sich mittlerweile eine Traube von Menschen gebildet. Also eigentlich eine Traube gaffender Polizisten. Die haben anscheinend noch nie a Nackerte gesehen. Sollens nur schauen. Wenn ihnen das ein Gefühl von Aufregung verschafft, soll es mir nur recht sein.
Wir drehen wieder. Luft anhalten, nicht bewegen und tot wirken. Fertig. Endlich geschafft.
Ich erhebe mich würdevoll. Die Kostümbildnerin bringt mir Handtuch und Bademantel. Das wärmt und schützt vor ungewollten Blicken. Erhobenen Hauptes und mit einem wunderschön gespielten Lächeln schwebe ich durch die gaffende Menge.
Halt. Seh ich nicht richtig?
Das kann doch jetzt nicht wirklich wahr sein? Aus der gaffenden Menschenmenge grinst mich ein bekannter, großer, muskulöser Polizist an. Max.
Max: „Hallo Harpyie. Ist zwar nicht Hollywood hier, aber immerhin."
Ich: „Hallo Mr. Selbstverteidigung. Was machst du denn hier? Wie geht's dir?"
Max: „Mir geht's gut, danke. Aber du schaust ein bisschen erledigt aus. War das nackt Herumliegen so anstrengend?"
Ich: „Anstrengender, als du glaubst. Aber weil du so blöd fragst. Du hast den Stunt vorher gar nicht gesehen, sondern nur die Nacktaufnahme?"
Max: „Wir sind erst seit einer halben Stunde da. Zum Trainieren. Was war denn der Stunt?"
Ich: „Egal. Nicht so wichtig. Ich muss mich jetzt erst einmal aufwärmen und das Make-up vom Körper rubbeln. Das kann noch a Zeiterl dauern."
Max: „Wir gehen jetzt alle noch laufen und dann in die Sauna. Kannst ja mitkommen, wenn du Lust hast. Ideal zum

Aufwärmen. Und nackt haben dich jetzt eh schon alle gesehen."
Ich: „Ein verlockendes Angebot. Weiß aber nicht, ob die am Set nicht noch etwas von mir brauchen."
Max: „Überleg's dir halt. Uns kannst du eh nicht übersehen."

In die Sauna mit Max! Wirklich ein sehr verlockendes Angebot. Ein Date stell ich mir zwar anders vor, aber was soll heute noch Schlimmeres passieren als dieser katastrophale Stunt.
Der Tag war beschissen genug. Wäre das eine Wendung zum Positiven? Oder ziehe ich heute das Unglück an?
Ich sollte eigentlich so schnell wie möglich wieder nach Klagenfurt fahren, da ich Vorstellung am Abend habe. Aber vielleicht heitert mich die Sauna ein bisschen auf und außerdem habe ich dann eine super Geschichte zu erzählen. In drei Stunden muss ich allerspätestens los.
Ich mit zwanzig nackten, muskulösen Polizisten in der Sauna. Ha. Das wäre doch was. No risk, no fun.

Ernst kommt in die Garderobe und teilt mir mit, dass ich fertig bin: "Die Profiruderin hat uns den Arsch gerettet. Die ist echt gut."

Soll ich jetzt in die Sauna gehen? Was habe ich schon großartig zu verlieren? Nichts. Also los.
Ich gehe hinaus auf die Laufbahn und schaue den Typen ein bisschen beim Trainieren zu. Sie haben ja schließlich auch bei mir zugeschaut. Mit meinem Kaffee in der Hand denke ich über den beschissenen Dreh heute nach und werde immer deprimierter. Zum Glück hören die Burschen endlich auf.

Ich gehe auf Max zu und sage frech: „So Süßer, jetzt möchte ich dich nackt sehen.“ Max lächelt verlegen.
Er nur: „Okay, in zehn Minuten in der Sauna. Vorgeheizt ist schon.“
Ich betrete als Letzte die Sauna. Schließlich brauche ich meinen Auftritt. Max hat sogar einen Platz neben sich freigehalten. Echt lieb.
Die Burschen reden über ihre Einsätze und schimpfen über ihre Vorgesetzten, die alle keine Eier in der Hose haben. Ich halte mich zurück, weil ich von ihrer Materie keine Ahnung habe. Lust zu reden hab ich auch nicht. Und mit meinem Feminismus mache ich mich sicherlich auch nicht beliebt. Max hingegen redet ununterbrochen. Er dürfte so etwas wie der Leader der Gruppe sein.
Er wird mir immer sympathischer. Ich mag, wie er redet und seine Leidenschaft für das, was er tut.
Aufgewärmt bin ich jetzt jedenfalls. Eher überhitzt. Ich dusche, begutachte die Hintern der Männer und ziehe mich wieder an.

Vielleicht will Max ja noch etwas trinken gehen. Für einen Obstshake mit ihm würde ich sogar 140 km/h auf der Autobahn fahren, um pünktlich zur Vorstellung zu kommen.
Am Eingang warte ich auf ihn, um mich zu verabschieden. Er kommt in seiner Uniform auf mich zu und sagt mir, dass sie in die Rossauer Kaserne, in der sie stationiert sind, fahren.
Na gut.
Für mich dann direkte Abfahrt nach Klagenfurt. Und das, obwohl mich zwanzig junge Männer schwitzend und nackt gesehen haben.
Echt nicht mein Tag heute.

04.04.1994

Ein wirklich beschissener Tag ist das heute.
Ich hasse meine Biologielehrerin. Sie ist so unfair und ungerecht. Ich glaube, sie hasst Kinder und findet uns alle total blöd.
Genervt und enttäuscht komme ich zu Hause an.
Mama: „Hallo Schatz, wie war es in der Schule?"
Ich: „Du musst zur Direktorin."
Mama: „Wieso?"
„Ich habe der depperten Blaumann einen Bleistift in den Arsch gerammt."
„Bitte was?“
“Ja. Sie hat Clemens total ungerechtfertigt zur Sau gemacht. Und dann hat sie sich vor mir gebückt, und batsch, ist es passiert."
„Und wie hat sie reagiert? Was hat sie gesagt?"
„Na, sie hat mich beschimpft und gemeint, dass so etwas gefährlich sei. Denn ich hätte einen Nerv treffen können. Ich habe dann gesagt, dass dieses Risiko eher gering wäre, da in dieser Gegend zu viel Fett wäre."
„Geh Schätzchen. Das ist mit Sicherheit keine gute Lösung für Probleme. Auch wenn sie vorher ungerecht war."
„Aber ich wusste keine andere. Die ist so ungerecht. Und es hat ja nicht einmal mich betroffen."
„Aber jetzt betrifft es dich."
„Ich weiß. Euer Termin bei der Direktorin ist am Freitag. Und jetzt muss ich ins Training. Tschüss."

11.04.2014

Die Zeit vergeht wie im Flug. In zwei Wochen trete ich wieder die Heimreise nach Wien an. Aber bis dahin gebe ich noch Vollgas auf der Bühne. Yeah.
Heute haben wir sogar Doppelvorstellung, und der Intendant des Theaters hat mich in sein Büro bestellt.
Ich bin gespannt.

Pünktlich und sexy angezogen begebe ich mich also dorthin. Gut, sexy hätte ich mir sparen können, weil er schwul ist.
Er bietet mir eine Rolle für das nächste Kinderstück an. Das Stück heißt “Cinderella” und meine Rolle wäre “Horst hinten”.
Was oder wer zum Teufel ist Horst hinten?
Klingt irgendwie pervers.
Ich schaue ins Textbuch und merke, dass ich keinen Text habe. Da steht nur so etwas wie: „Horst tritt die Stiefmutter in den Hintern.“ Oder: „Horst bringt den Prinzen vom Schloss in den Wald.“
Der Intendant lächelt, weil er meine Verwirrung erkennt: „Möchtest du diese Saison noch die Rolle des steppenden Pferdehinterns übernehmen?“
Ah. Endlich. Meine Traumrolle.
Ein steppender Pferdearsch.
Aber warum eigentlich nicht? Das hat nicht jede in ihrem Lebenslauf stehen. Und weil ich in der nächsten Saison eh noch kein anderes Angebot habe, nehme ich es dankend an.
Zwischen Wien und Klagenfurt pendeln bin ich gewohnt, und ich kann ja trotzdem weiter meine Stunts machen.

Nächster Karrieresprung also: Horst – steppender Pferdearsch – hinten.
Ich bin echt gespannt, was das Leben noch so alles für mich bereithält.

Ach ja, dass Max irgendwann anruft, diese Hoffnung habe ich aufgegeben.

25.04.2014

Heute ist Dernière, also die letzte Vorstellung von "Singin' in the rain". Ich bin etwas traurig, wie immer, wenn ein Stück dem Ende zugeht. Immerhin habe ich aber ein fantastisches neues Projekt in Aussicht. Um das mich sicher sehr viele Menschen beneiden werden. Denn wer kann schon behaupten, in seinem Leben schon einmal ein steppendes Pferdehinterteil gespielt zu haben!

Ich bin jetzt schon um einiges früher im Theater, da ich immer ein bisschen Zeit brauche, um mich von den Leuten zu verabschieden. Von den wunderbaren Kollegen und Kolleginnen, die sich dann in alle Himmelsrichtungen zerstreuen. Diese Zeit genieße ich immer sehr. Da bin ich so richtig nostalgisch und theatralisch.
Ja, manchmal kommen mir sogar die Tränen.
Jede*r von uns hat sich natürlich für die letzte Vorstellung einen Dernièrengag überlegt. Obwohl der Regisseur und die Choreographin uns dies ausdrücklich verboten haben. Aber hallo?
Das hat Tradition. Und ich bin sicherlich nicht diejenige, die diesen Brauch zerstören wird. Solche Theaterbräuche dürfen gehegt und gepflegt werden. Finde ich.

Natürlich darf das Publikum nichts davon mitbekommen. Aber genau darum geht's ja. Lustig für uns, aber für die Zuschauer*innen ist alles wie immer.
Ich mache mich also bereit, um auf der Seitenbühne mit einem Bademantel meine Show abzuziehen.
Und 3...,2...,1....
Das Ensemble dreht sich, alle gemeinsam, auf die rechte Seite der Bühne. Sie singen gerade irrsinnig und spielen eine Partygesellschaft. Alle Blicke sind auf mich gerichtet und bang, ich öffne meinen Bademantel und stehe nackt vor ihnen. Meine Vagina ist mit einer roten Schamhaar-Perücke bedeckt, meine Brüste mit zwei Bärten.
Natürlich lachen einige. Die meisten bekommen das aber so hin, dass das Publikum nichts merkt.
Cool, der Scherz ist gelungen. Und ganz ehrlich. Ein bisschen Spaß muss sein. Das Leben ist doch manchmal eh viel zu ernst.

In der Garderobe beglückwünschen mich alle zu meiner Kreativität. Und ich freu mich riesig, weil meine innere Närrin wieder einmal alle aus den Latschen gehauen hat. Die Vorstellung war ebenfalls echt gelungen.
Beim Schlussapplaus auf der Bühne kullern die ersten Tränen, auch bei mir. Und in der Garderobe heulen fast alle weiter. Dieses Bühnenvolk genießt das Drama.

Gemeinsam geht's noch in die Kantine, um die letzte Vorstellung gebührend zu feiern. Wir trinken, singen, tanzen, springen und rauchen, was das Zeug hält. Und zu guter Letzt werden die beliebten Awards vergeben.
Das haben sich vor einiger Zeit zwei Kollegen einfallen lassen. Wie die Oscars, nur auf unser Stück bezogen.

Ich gewinne “Best female ass” und “Best accident on stage”. Na immerhin. Besser als nichts.
Über den Besten-Arsch-Award habe ich mich echt gefreut, bei so vielen schwulen Kollegen bedeutet der was.
Und der beste Unfall war irgendwie gar nicht so hitverdächtig. Da ist mir lediglich auf der Stiege beim Finale der Regenschirm aus den Händen gefallen. Gut. Ich habe dann ein paar KollegInnen unbeabsichtigt umgerempelt, um wieder zu meinem Schirm zu kommen, und den Schirm dann etwas patschert wieder aufgehoben. Aber so spektakulär fand ich das jetzt auch wieder nicht.
Aber egal, denn wie heißt es so schön: Gewonnen ist gewonnen.

Und jetzt wird gefeiert.

27.04.2014

Ich bin jetzt für ein paar Tage zu Hause, bevor die Proben für den Pferdepopo losgehen. Es gibt auch viel zu tun hier. Hannah organisiert eine Demo, die in drei Tagen stattfindet. Natürlich helfe ich.
Außerdem habe ich heute eine Show im Wiener Rathaus. Eine Baumshow. Für einen Holzpreis.
Diesmal habe ich die glorreiche Aufgabe, einen Baum darzustellen. Auf tänzerische, akrobatische Art. So wie Bäume nun mal am besten dargestellt werden.

Ich muss erst um 18 Uhr im Rathaus sein, habe also genügend Zeit, einen gemütlichen Nachmittag mit meiner Familie zu verbringen. Meine Eltern haben alle ihre Kinder zum Essen eingeladen. Es gibt Pizza. Bestellt bei unserer

Stammpizzeria. Gemütlich ist sicher nicht das richtige Wort, einen Nachmittag mit meiner Familie zu beschreiben. Lehrreich, lustig oder schräg trifft es schon eher. Auf jeden Fall aber einzigartig.

Wir sitzen also zusammen und essen Pizza.

Mein Vater, der gelernte Tantramasseur, ist heute echt in Fahrt: „Vergangenes Wochenende hatte ich wieder eine Tantraweiterbildung. Da haben wir etwas ganz Lustiges gemacht. Die Person, die massiert wurde, lag. Und die Person, die massiert hat, stand auf dem Kopf. Also im Kopfstand. Die Idee dahinter ist, dass man einen veränderten Blick aufs andere Geschlecht bekommt. Eine Blickwinkelveränderung quasi."

Ich: „Und ist dann die Erektion auch anders? Da ist ja dann das ganze Blut im Kopf?"

Papa: „Darum geht es ja gar nicht. Das habe ich euch ja schon erzählt. Beim Tantra geht's nicht nur um Erektionen und Orgasmen. Es geht um Selbstliebe. Tantra ist der Versuch, beide Geschlechter, also männlich und weiblich, in sich selbst zu vereinen."

Ich: „Ja schon, aber erregt sind die Menschen trotzdem, oder?"

Er: „Natürlich. Das ist schon auch ein wichtiger Teil. Das ist ja auch ein Teil der Selbstliebe."

Hannah: „Und nackt seid ihr ja auch, oder?"

Er: „Ja schon."

Mein Bruder Wendelin: „Und Orgasmen bekommt ihr auch, oder?"

Papa: „Nicht immer. Und es ist auch nicht das primäre Ziel."

Mama: „Aber eine nette Nebenerscheinung."

Ich: „Wisst ihr, einer meiner Ex-Freunde hat das immer super gefunden, wenn er im Handstand seine Sicht der Dinge

geändert hat. Auch beim Sex. Ich glaube, weil eben dann das ganze Blut im Kopf ist. Aber bitte, Geschmäcker sind verschieden. Für mich war es nur anstrengend."
Wendelin: „Er hat so eben etwas gegen steife Glieder getan. Wenn du verstehst, was ich meine."
Mama: „Sehr lustig. Vielleicht ist es ihm aber wirklich nur um die Veränderung der Sichtweise gegangen. Ist ja jetzt sehr modern. Im Yoga, Tantra. Überall wird das jetzt praktiziert. Außerdem soll es gegen Krampfadern helfen."
Ich: „Kann schon sein, dass er nur die Sichtweise ändern wollte. Aber ich glaub eher, dass er einfach die Experimente genossen hat. Der wollte immer was Neues ausprobieren. Und Krampfadern waren mit Sicherheit nicht sein Beweggrund."
Hannah: „Du Papa, warum verwendet ihr im Tantra eigentlich immer so viel Öl?"
Papa: „Öl wird verwendet, damit das innere Feuer nicht nach außen geschlagen wird. Wir wollen ja nichts im Außen verbrennen, sondern das Feuer in uns am Lodern halten."
Mein Bruder: „Aha. Inneres Feuer. Sehr interessante Formulierung."
Er: „Gell?"
Alle lachen. Das sind also die Gesprächsthemen beim Pizzaessen mit meiner Familie.
Meine Mutter: „Vergangene Woche haben euer Vater und ich uns die Brigittenauer Kirche angeschaut."
Ich: „Ihr seid doch gar nicht religiös."
Mama: „Wir können ja trotzdem in die Kirche gehen."
Meine Schwester: „Und was habt ihr da gemacht? Die schöne Architektur bewundert?"
Mama „Ja, auch." Sie grinst wie ein kleines Mädchen, das etwas angestellt hat.
Ich: „Na sag schon."

Mein Vater: „Wir hatten Sex."
Ich: „In der Kirche?"
Mama: „Ja. Warum denn nicht? Außerdem ist das für euren Vater eine gute Therapie. Ihr wisst ja, dass er in einem katholischen Internat war. Und das ist jetzt die Rebellion."
Hannah ganz trocken. „Na gut, spät aber doch."
Ich: „Ist ja auch nichts anderes als euer Liebesspiel in der Umkleidekabine eines Kaufhauses, einem Schlafsaal mit anderen Menschen oder auf dem Sofa mit schlafenden Bekannten daneben."
Papa: „Doch. Es ist ruhiger."
Ich: „Und wo genau wart ihr da?"
Mama: „Im Beichtstuhl."
Hannah: „Ja. Wenn ihr was macht, dann gründlich. Das muss ich euch schon lassen."
In unserer Familie wird relativ viel über Sex gesprochen. Im Vergleich zu anderen Familien.
Meine Eltern sind der Meinung, dass dieses Thema zu wichtig ist, um es zu verschweigen. Da kann ich ihnen nur recht geben.
Außerdem gehört es zum Leben dazu. Wie essen, reden, gehen, singen, tanzen und bewegen. Sex macht unser Leben aufregender. Und er ist eine Quelle der Inspiration.

Wir sprechen jetzt natürlich auch noch über die Demo, und was da noch zu tun ist. Flyer verteilen, Leute mobilisieren, Pressetexte verschicken. Da ist Hannah echt taff. Sie organisiert solche Events sensationell. Immer mit Begeisterung und Elan. Unsere Bekannten würden sich nie trauen, nicht zu kommen. Gut so.
Gestärkt und gut drauf mache ich mich auf den Weg zum Rathaus. Ich genieße die Treffen mit meiner Herkunftsfamilie immer ganz besonders, da ich nicht so oft da bin.

Jetzt heißt es aber: auf den Auftritt heute Abend fokussieren. Ich gehe die Choreographie im Kopf noch einmal durch. Ja, sie sitzt.
Schminken lassen, aufwärmen, alles noch einmal hinter der Bühne durchgehen. Und los geht's.
Das Publikum ist eher fad drauf. Besser gesagt: gelangweilt. Ich bin nervös, da mich mein Kostüm sehr in meiner Bewegungsfreiheit einschränkt. Außerdem habe ich die ganze Choreographie noch nie mit Kostüm und Make-up gemacht.
Durchatmen.
Wir betreten die Bühne, die Musik startet. Eine Nebelschwade zieht über die Bühne. Die Choreographie startet, und ich hoffe nur, dass der Nebel kein Trockeneis ist, das die Bühne total rutschig macht. Zum Glück bleibt mir wenig Zeit, um nachzudenken.
Ich springe in den Handstand, mache die Pirouette, setze zu einem Flick Flack an. Aua. Zu tief.
Mein Kopf schlägt auf dem Boden auf. Mein Schädel brummt, aber ich mache gekonnt weiter. Die Nummer ist gleich überstanden. Von der Bühne abgehen ist natürlich keine Option. Kick, drehen, drehen, Spagat. Ein Bogen rückwärts kommt noch.
Scheiße, auch der ist zu tief. Wieder auf den Kopf. Aua. Lächeln. Baumhaft dreinschauen. Nummer aus. Applaus. Fertig.
Ich wanke unbemerkt von der Bühne. Lächeln. Immer schön lächeln.
Der Choreograph hat etwas gemerkt.
„Was soll die Scheiße? Ich dachte, ich hätte Profis engagiert und keine zweitklassigen Showgirls!“, schimpft er.
Ich schiebe alles aufs Kostüm, das Trockeneis, das Licht, die Schuhe. Kann aber seinen Ärger total verstehen.

Normalerweise passiert mir so etwas auch nicht. Ich bin Profi. Und Perfektionistin noch dazu.

Komplett geschminkt und mit Tränen in den Augen verschwinde ich aus dem Rathaus.
In der frischen Luft heule ich dann so richtig los. Ungehemmt und frei. Scheiße echt. Warum müssen mir immer solche desaströsen Dinge passieren? Bin ich überhaupt gut genug für diesen Job? Soll ich nicht doch lieber etwas anderes machen?
Was will mir das Leben sagen?

Zu Hause angekommen, setze ich mich mit einem Glas Rotwein aufs Sofa und schreibe mir die heutigen Erlebnisse von der Seele. Vielleicht werden meine Enkelkinder mal über diese Story lachen.
Aber jetzt, heute und hier, finde ich es echt nicht lustig, und weine mich dann leicht angetrunken und voller Selbstmitleid in den Schlaf.

28.04.2014

Wow, mein Kopf brummt. Und diesmal weiß ich, dass es nicht nur vom Alkohol kommt. Ich rufe meine Mutter an, denn sie ist immer die Erste, die ich anrufe, wenn es um meine Gesundheit geht.
Ich erzähle ihr vom gestrigen Auftritt, von meinen Kopfschmerzen. Sie möchte, dass ich das röntgen lasse. Nachmittags könne sie mir was zum Essen bringen.

Okay, also ab ins Krankenhaus. Es ist nicht viel los und nach einer Stunde Warten bin ich an der Reihe.

Der Arzt schaut sich das Röntgenbild an, erkennt nichts Auffälliges und meint: „Sie haben eine Gehirnerschütterung. Aber wie ist Ihnen das genau passiert?"
Ich: „Ich habe akrobatisch-tänzerisch einen Baum dargestellt. Und bin bei einem Bogen rückwärts auf den Kopf gefallen. Zweimal hintereinander."
Der Arzt: „Und warum zweimal hintereinander?"
Ich: „Tja, das ist Showbusiness. Aufgeben gibt es nicht."
Er schüttelt verwundert den Kopf und meint dann, dass ich eine Woche Bettruhe bräuchte. Aber es sei nichts Ernstes. Ich bedanke mich, nicke artig und verabschiede mich. Eine Woche Bettruhe geht zwar nicht, denn in zwei Tagen ist Demo angesagt. Aber bis dahin werde ich auf alle Fälle Ruhe geben.
Zumindest kann ich bloggen.

Meine Mutter kommt besorgt und sehr liebenswert zur Tür herein. Sie hat sich sehr beeilt und scheint das Stiegenhaus hinaufgelaufen zu sein. Völlig außer Atem erkundigt sie sich, was der Arzt gesagt habe, und fragt, ob ich Hunger habe.
Ich: „Naja, ein bisschen schon. Aber nichts Schweres. Was hast du denn mitgebracht?"
Mama: „Leberknödelsuppe von Inzersdorfer. Die ist eh nicht zu schwer."
Ja, so ist sie. Sie bringt mir eine Dosensuppe vorbei. Mit Liebe gekauft. Klassisches Rollenklischee kann ich ihr nicht vorwerfen. Und das ist gut so. Denn so schlecht ist Dosenfutter auch wieder nicht. Hausmannskost wird eindeutig überbewertet. Oder?
Meine Mutter nimmt mich liebevoll in den Arm.
„Mama, danke, dass du da bist."

30.04.2014

Meinem Kopf geht es gesundheitlich schon viel besser. Ich merke das daran, dass ich nicht aufhören kann zu denken. In diesem Jahr hatte ich bis jetzt echt schon viele Nieten in meinem Bühnendasein. Das deprimiert mich. Warum komme ich nicht in den vielbeschriebenen Flow? Was kann ich tun, um diese Selbstzweifel loszuwerden?
Und wenn ich schon dabei bin. Ich will endlich einen Traummann, der mich so liebt, wie ich bin.
Den ich aus tiefster Seele lieben kann.
Das will ich.
Nicht mehr, aber auch nicht weniger.
Können die dafür Zuständigen sich bitte darum kümmern? Und zwar zackig? Am besten jetzt sofort. Geduld ist schließlich keine Tugend, der ich verfallen bin.

Im Radio höre ich gerade, dass in der heutigen Zeit jede*r Zweite psychische Probleme hat. Jede vierte Frau und jeder fünfte Mann leiden sogar an Depressionen. Na bumm. Und die Psycholog*innen meinen, dass es immer schwieriger wird, die eigene Work-Life-Balance zu finden.
Die meisten "worken" zu viel und "lifen" zu wenig.
Dem kann ich nur zustimmen. "Business is everything" ist doch das Credo unserer Gesellschaft.
Na gut. Im Moment nicht mein Problem. Meine Life-Work-Balance ist zur Zeit echt okay.
Fast hätte ich vor lauter Grübeln die Zeit vergessen. Ich muss doch um zwölf Uhr, also zur Mittagsstunde, vor dem Parlament sein für die Demo. Wir demonstrieren wieder einmal für die Gleichberechtigung der Frau. Genauer gesagt, dass die weibliche Form nicht aus der Sprache

verschwindet. So wie es ein paar männliche Politidioten gerne hätten.

Alles ist bestens vorbereitet und ich sehe schon circa siebzig Mädels. Die einen verteilen Flyer, ein paar befinden sich am Infostand, wieder andere sammeln Unterschriften, und meine großartige Schwester steht auf einem Podium und hält eine sehr emotionale und zugleich höchst professionelle Rede.
Meine Eltern sind natürlich auch da und mein Bruder unterstützt uns vom Computer aus. Er sorgt für unser virales Marketing. Das heißt, er hat uns eine eigene Webseite erstellt und wirbt auf Reddit, Facebook und YouTube für uns. Über dieses Genie in unserer Familie können wir uns echt glücklich schätzen. Wobei wir doch alle Genies sind.
Die Stimmung ist genial. Hitzige Debatten, lautes Geschrei, und die Politiker*innen, die das Parlament verlassen, müssen sich unsere Parolen anhören. Aber natürlich läuft alles friedlich ab. Wir wollen die Leute ja zum Zuhören bringen und keine Angriffsflächen bieten.
Wobei ich manchmal echt gerne jemandem eine knallen würde. Vor allem natürlich den ignoranten, halbstarken männlichen Politikern, die in Konfrontationen über die Frauen und Mutterrolle in der Gesellschaft immer wieder bekunden: „Wissen Sie, ich könnte das gar nicht. Meine Frau ist viel belastbarer als ich, und es ist ja wahnsinnig toll, was sie zu Hause leistet. Kindererziehung, Haushalt und Kochen, das würde ich nie schaffen. Das ist wirklich bewundernswert und toll." Ja eh du Idiot, aber vielleicht will sie auch etwas anderes machen als Kinder, Küche, Kirche. Und wenn du das nicht könntest, solltest du vielleicht keine Kinder in die Welt setzen. Ahhh!

Leider hören wir das noch immer viel zu oft in unserem Land.

Um 14 Uhr beginnt die große Kundgebung. Mittlerweile befinden sich schon über zweihundert Menschen vor dem Parlament. Frauen, Männer, Heterosexuelle, Homosexuelle, Transgender und sogar Kinder und Tiere. Also nix richtig großes, aber immerhin ein paar Hunde.
Meine Schwester trägt ihre Standpunkte vom Podium aus vor und wird von einer Germanistin und einem Literaten unterstützt. Es geht heiß her, und mein Vater begibt sich zum Podest. Er geht auf meine Schwester zu und flüstert ihr was ins Ohr. Sie schüttelt energisch den Kopf, da hat er sich schon vor den drei Rednerinnen positioniert, dreht sich mit dem Rücken zu den Demonstrant*innen und lässt die Hose runter.
Okay, in den Sechzigern war das nichts Besonderes. Aber in der heutigen Zeit! Auf seinem Hinterteil steht in schwarz: „Ohne das Weibliche in der Sprache ist die Literatur für'n Arsch." Es ist zwar nicht sehr deutlich zu lesen, da zu klein geschrieben, aber die Kamera projiziert uns das Close-up direkt auf den Screen.
Ich gehe natürlich gleich zu meiner Mutter: „Mama, hast du das gewusst?"
Sie: „Natürlich. Wer hat ihm das wohl auf den Hintern geschrieben?"
Mein Vater erntet Applaus, und nach diesem kurzen Zwischenfall kann die Demo friedlich weiterlaufen.
Alle reden jetzt nur noch über den nackten Hintern, und meine Schwester ärgert sich. Sie will konstruktive Beiträge und nicht den plakativen Scheiß. Trotzdem: Wirkung zeigt es allemal. Es klingelt jetzt nämlich zum achten Mal mein Handy, und jedes Mal werde ich gefragt: „War das dein

Vater mit dem nackten Arsch vorm Parlament?“ Und ich bin schon a bisserl stolz. Gebe ich ehrlich zu.

Schön langsam werde ich müde, und mein Kopf meldet sich wieder. Ich verabschiede mich von meinen Eltern und mache mich auf die Suche nach meiner Schwester.

„Hey Stuntgirl“, höre ich auf einmal hinter mir.
„He Max, was machst du denn hier? Bist du undercover hier und hast Angst, dass wir Randale machen?“
Er: „Nein. Ich bin privat hier. Nur weil ich bei der Polizei bin, heißt das nicht, dass ich nicht in meiner Freizeit demonstrieren gehen kann.“
Ich: „Echt? Du gehst demonstrieren? Das habe ich dir echt nicht zugetraut. Ich dachte, ihr Polizisten versteckt euch hinter eurer Uniform. Hehe.“
Max: „Dein Humor ist echt unübertroffen. Die Demo war spitze organisiert und außerdem bin ich ein Verfechter der Gleichberechtigung. In jeglicher Hinsicht.“
Ich: „Cool. Die Demo hat übrigens meine Schwester organisiert. Das war die auf dem Podium mit den langen, dunkelbraunen Haaren und der schwarzen Jeans.“
Max: „Ach die. Die hat super gesprochen. Echt sachlich und professionell. Aber der alte Typ, der seinen Arsch präsentiert hat, war echt nicht notwendig.“
Ich: „Das war so auch nicht geplant.“
Er: „Ja, das war echt ein bisschen peinlich. Vielleicht hat er die Demo mit einem Jimmy Hendrix Konzert verwechselt. Das Alter hat er ja. Aber bitte. Solange er nicht randaliert, soll’s mir recht sein. Verrückte gibt’s überall.“
Ich: „Naja, so schlimm fand ich das gar nicht. Und es bringt Aufmerksamkeit.“

Meine Schwester kommt jetzt auf mich zu, und ich stelle ihr Max vor. Sie lächelt und zwinkert mir zu. Ich deute meiner Schwester mit einer abfälligen Handbewegung, dass da nichts ist zwischen mir und Max, und sie unterhalten sich kurz über Selbstverteidigung. Jetzt sieht Hannah meine Eltern und winkt sie her.
Papa zu mir: „Schätzchen, bist du immer noch da? Ich dachte, du wolltest dich hinlegen?“
Mama: „Du solltest dich echt noch ausruhen, damit keine Schäden zurückbleiben.“
Ich: „Ja, mach ich eh. Das ist übrigens Max. Er war der Leiter des Selbstverteidigungskurses, von dem ich euch erzählt habe.“
Mama und Papa: „Sehr erfreut.“
Max: „Schön, die Eltern von Stuntgirl mal kennenzulernen.“
Er gibt ihnen die Hand und lächelt mich voller Enthusiasmus an. Meine Schwester wird jetzt zum Abbau gerufen und meine Eltern helfen ihr.
Max und ich stehen noch etwas unsicher in der Gegend herum, als Max sagt: „Du hättest mir ruhig sagen können, dass der Verrückte dein Vater ist. Dann hätte ich mich nicht so über ihn ausgelassen.“
Ich: „Ist doch egal. Hast ja nichts gesagt, was ich nicht auch schon tausendmal über ihn gedacht hab.“
Wir lachen und mein Kopfweh wird immer stärker. Ich erzähle Max die Sturzgeschichte, und er bietet mir an, mich mit dem Auto nach Hause zu fahren.
Natürlich nehme ich dankend an. Doch bevor wir die Straße erreichen, in der ich wohne, muss ich mich übergeben. Ich kotze aus dem Fenster raus, und Max ist ganz besorgt und fürsorglich.

Ich verabschiede mich so schnell es geht, da ich ihn ja nicht mit meinem Mundgeruch belästigen möchte.
Er wünscht mir mit einfühlsamem Blick gute Besserung.

02.05.2014

Heute geht es mir wieder besser. Ich habe Lavendelöl geschmiert, viel geschlafen und versucht, nicht allzu viel übers Leben nachzudenken. Okay, der letzte Punkt hat nicht so gut funktioniert.
Aber zumindest ist das Kopfweh weg.
Zeit, wieder einmal auf mein Handy zu schauen. Vielleicht ist ja etwas Wichtiges passiert, während ich im Traumländle war.
Juhu. Eine SMS von Max.

„hallo stuntgirl ... ich hoffe dir geht's schon besser ... wünsche dir auf alle fälle alles gute und hoffe dich bald im tv zu sehen ... als nackte leiche :-) ... lg max".
Ich: „danke, das ist sehr lieb von dir ... mir geht's schon besser ... ich fahre in zwei oder drei tagen wieder nach klagenfurt ... proben für ein neues stück :-) bin aber schon wieder voll auf den beinen :-) ... bussale"
Max: „viel spaß und übertreibs nicht ... vielleicht sieht ma sich ja mal wieder :-):-):-) ... lg max"
Ich: „ja vielleicht...ich übertreibe es doch nie :-):-):-)"
Dann: nichts mehr.

Ahhh, der macht mich wahnsinnig. Erstens schreibt er erst nach zwei Tagen, was eine Ewigkeit bedeutet und zweitens: Kann der nicht einfach nach einem Date fragen oder zumindest mehr Arschloch sein, damit ich kein Interesse mehr an ihm habe? Ist das denn alles so schwer? Warum versteht er meine Andeutungen denn nicht? Oder soll ich ihn doch nach einem Date fragen? Könnte er der Richtige sein? Ein Polizist? Ahhh!

Das Kopfweh meldet sich dezent zurück. Sicherlich mein innerer Ärger. Was soll ich tun? Ich bin doch sonst nicht so eine Hosenscheißerin.
Aber okay: Wenn dich das Leben ärgert, streue Glitzer drauf. In diesem Sinne bleibe ich noch zwei weitere Tage in Wien. Die Proben beginnen ja erst in drei Tagen. Ich werde die Zeit für mehr Seelen-Glitzer nutzen.

Und wo kann das frau besser als in der Tempelschule? Die Oase der Selbstheilung und „Zu-sich-Findung".
Die Meditationsleiterin ist die Jacqueline. Ich weiß, klingt eher nach einer Stripteasetänzerin.
Irgendwie haben die beiden Berufe ja etwas gemeinsam. Die eine legt ihren Körper frei, um Menschen glücklich zu machen. Die andere legt Seelen frei.
Jacqueline, die Frequenzarbeiterin, ist sozusagen eine Seelenstripteasetänzerchoreographin. Sie legt Seelen frei, um sie tanzen zu lassen und hilft ihnen dabei, sich in die richtige Richtung zu bewegen.
Was eine Frequenzarbeiterin ist, versuche ich erst gar nicht zu beschreiben. Wichtig ist, dass Jacquelines Meditationen grenzgenial sind.

Heutiges Thema: Energie für Organe. Mit Liebe und Feingefühl zu den jeweiligen Orten im Körper wandern. Schauen, was kommt.

Wie immer beginnen wir damit, uns gegenseitig abzuklopfen. Danach Reinigungsatmung und Erdungsübung.
Als nächstes sollen wir uns auf unsere Knochen konzentrieren. Was immer auftaucht, darf kommen. Die Musik erinnert mich an den Tanzstil meines Vaters, und ich muss innerlich schon lachen. Ich sehe mich als Skelett herumspringen, tanzen und habe Spaß mit der Musik. Ich komme mir vor wie Elastowoman. Plötzlich spüre ich einen Zahnschmerz. Ich sehe meine Zähne ganz schwarz und das Skelett ist auf einmal gar nicht mehr so glücklich.
Nach der ersten Meditation kommen wir alle wieder zurück in den Raum. Jede erzählt von ihren Erlebnissen.
Meine schwarzen Zähne bedeuten, dass ich in irgendeinem Lebensbereich anscheinend keinen Biss habe. Ja, da könnte was dran sein.
Jetzt geht's an die Muskeln und Sehnen.
Ich lege mich wieder entspannt auf den Boden, in Gedanken bei meinen Muskeln und Sehnen.
Die Musik ist diesmal nicht so lustig. Ich merke auf einmal, wie verspannt mein Nacken ist, mein linker Oberarm schmerzt und mein Kiefer ist total verkrampft.
Diese Blockaden zeigen meinen Mangel an Selbstliebe und Selbstachtung. Ha, ich wusste es doch. Ich quäle mich und meinen Körper einfach zu viel. Dieses viele Training und der Druck, jedem und allen gefallen zu müssen.
Frau ist ja nie gut genug.
Die Lösung: Ich soll lernen, mich fallen zu lassen, mich nicht für alles zuständig zu fühlen und nicht immer alles kontrollieren zu wollen. Bumm. Das hat gesessen. Und wenn mich niemand auffängt? Fall ich auf den Kopf.
Mir steigen die Tränen in die Augen, weil ich fühle, dass sie recht hat. Ich lasse meinen Tränen freien Lauf. Als Form des Reinigungsprozesses sehr wichtig. Die anderen im Raum

sind alle sehr ruhig, und einige fühlen mit. Mag sein, dass ein paar Betroffenheitsdarsteller*innen darunter sind, aber das ist mir egal. Ich fühle mich ganz wohl in der Gruppe. Und heule jetzt eben.

Jetzt kommen Penis und Vagina an die Reihe. Schöne Musik. Ich schweife mit den Gedanken aber immer wieder ab, und kann mich nicht so gut konzentrieren. Ich sehe immer nur meine fleischliche Vagina. Okay, das war wohl irgendwie nichts. Aber wie soll es auch? Die liegt schon zu lange trocken.

Eierstöcke, Eileiter und Hoden sind die nächsten Aufgabengebiete. Wow, okay. Es fühlt sich auf einmal sehr kalt an. Ich sehe einen Specht, der meine Eier isst. Und auf einmal putzt ein Wischmopp meine Eileiter. Cool, die Eileiter werden dadurch immer heller und strahlen. Ich putze weiter und dadurch wird alles immer heller und heller. Schön. Dort putze ich gerne. Sonst gehört das nicht gerade zu meinen Lieblingsbeschäftigungen.

So, und was bedeutet das jetzt bitte alles?

Also die Eier werden nicht gebraucht, also können sie gegessen werden. Wie bitte? Heißt das also, ich soll schwanger werden? Wie, wann, wo, und vor allem von wem? Nein, das ist damit sicher nicht gemeint. Bevor ich jedoch diese Gedanken mitteilen will, sind wir schon bei der nächsten Person angelangt. Okay, also muss ich selbst draufkommen.

Ich versinke in meinen Gedanken und Vorstellungen und merke erst, dass Pause ist, als ich alleine bin.

Meine Gedanken kreisen immer wieder um diese Babygeschichte. Will ich überhaupt Kinder? Ist das in meinem Job möglich? Und wenn ich das wirklich wollen würde, bräuchte ich doch zuerst einen Mann?

Oder nicht?

Ich komme zu dem Schluss, alles Schritt für Schritt zu machen. Zuerst der Mann. Danach kann ich immer noch überlegen, ob ich Kinder möchte. Step by step. Vielleicht kommt dieses Thema auch gerade jetzt hoch, weil mein Ex und seine Neue in freudiger Erwartung sind. Egal. Nur nicht stressen lassen. Wahnsinn. Ich stresse mich sogar bei einem Thema, das gar nicht zur Debatte steht.
Wie schwer kann frau es sich selbst machen?
Wir kommen zur Gebärmutter und zur Prostata. Meine Vorstellung bringt mich sofort in einen Swimmingpool mit türkisfarbenem Wasser. Das ist also meine Gebärmutter. Sehr interessant. Ich bin total entspannt, trinke einen Cocktail. Auf einmal kommt meine Mutter und setzt sich neben mich. Es ist ein sehr angenehmes Gefühl. Wir reden nichts, strahlen uns aber an und schlürfen Cocktails. Da könnte ich echt ewig bleiben. Das fühlt sich an wie Urlaub. Und es zeigt mir, dass ich im Moment keine Probleme mit meiner Mutter aufzuarbeiten habe.
Na immerhin.
Die Blase. An sich schon ein heikles Thema bei mir. Ich hatte als Teenagerin dauernd eine Blasenentzündung. Okay, ich saß oft auf den kalten Steinstiegen unserer Schule. Mein Kleidungsstil war: Hauptsache bauchfrei, aber meine Freundinnen liefen auch so rum und fingen sich nichts ein. Gut, ich bin vom Sternzeichen Skorpion, die sind anfällig für so etwas, hab ich mal gelesen. Und auch heute noch: Wenn eine Beziehung in die Brüche geht oder gar nicht beginnt, fängt meine Blase zu weinen und zu bluten an. Es gibt ja da auch die These, wer nicht weinen kann, tut es über die Blase. Das könnte stimmen. Als Jugendliche wollte ich auf gar keinen Fall weinen und Schwäche zeigen. Und heute genauso wenig.

Ich schließe also meine Augen und meditiere mich in meine Blase. In meinem inneren Auge erscheint ein Schwamm, der voll mit Wasser ist.
Meine ungeweinten Tränen. Da kann schon was Wahres dran sein. Meine Zähne melden sich auch wieder und in mir kommt ein Gefühl von Stress und Unwohlsein auf.
Die Tränen laufen in Strömen.
Zurück in der Realität heule ich noch immer. Wie verrückt. Jacqueline beginnt bei mir und ich erzähle bis ins kleinste Detail. Blase steht für Loslassen, also passt das Weinen ja ganz gut.
Viel Zeit bleibt nicht. Wir kümmern uns jetzt um Dickdarm, Dünndarm, Mastdarm und After. Mein Unterbewusstsein gleitet ziemlich schnell in den schmalen Darm hinab. Und was tue ich? Putzen.
Ich putze schon wieder. Von oben nach unten, von unten nach oben. Anscheinend fühle ich mich ziemlich dreckig. So viele schmutzige Gedanken habe ich doch gar nicht. Jetzt kommt eine Fontäne Wasser heruntergeschossen, und nimmt den ganzen Schmutz mit. Was sehe ich da?
Eine Ballerina tanzt in Spitzenschuhen meinen Darm auf und ab. Sie macht dabei Pique Turns. Das sind Pirouetten, die sich vom Platz weiterbewegen. Bei jeder Drehung bringt sie Licht in die von ihr berührten Stellen. Sie tanzt wie ein Wirbelwind, wird schneller und schneller. Immer mehr Licht kommt in den Darm.
Aufwachen.
Ausgerechnet bei einer dreifachen Pirouette. Im Darm sitzt die Traurigkeit. Auch Hautgeschichten sind Darmgeschichten. In meinem Fall bedeutet das: time to say goodbye. Warum, weiß ich nicht genau. Für welchen Lebensbereich weiß ich auch noch nicht. Aber es fühlt sich richtig an.

Ich frage auch noch nach, was meine Müdigkeit zu bedeuten hat, und Jacqueline meint, dass bei mir zu viel Blut im Kopf ist. Ich denke einfach zu viel.
„Und wie sieht es mit Verstopfungen aus?“, fragt Jacqueline.
Ich: „Ja, manchmal.“
Jacqueline: „Karlsbader Salz, Leinsamen, Rizinusöl oder Glaubersalz helfen.“ Wie pragmatisch.
Schön langsam werde ich müde. Ein Organ fehlt heute noch. Der Magen. Lange nichts. Okay, ich muss mich konzentrieren. Wieder nichts. Jetzt nehme ich eine angenehme Flötenmusik wahr. Und prompt sehe ich ein paar Flötenspielerinnen schunkeln, die kleine und mittelgroße Steine in meinem Magen wegkicken wollen. Die Steine prallen jedoch immer wieder von der Magenwand zurück und verschwinden leider nicht. Magenprobleme deuten auf zu viel Stress hin. Es heißt ja auch: „Mir schlägt etwas auf den Magen.“ Verordnung ist Ruhe, Ruhe, Ruhe. Und bei Sodbrennen: Isländischer Moostee. Wieder etwas gelernt.

Jetzt ist es wirklich genug für heute. Ich habe wieder irre viel über mich erfahren, und mein Fazit lautet: Mehr weinen, mehr Ruhe, mehr Loslassen (auch wenn ich noch nicht weiß, was). Mehr Babys oder vielleicht selbst mehr Baby sein? Mehr Selbstliebe und Selbstachtung, mehr Biss. Oder einfach zum Zahnarzt gehen, da meine Schmerzen sich irgendwie auch körperlich manifestiert haben.

Müde, aber entspannt begebe ich mich nach Hause.
Nein. Heute kein Alkohol. Das mögen die Spirits nicht. Diese Meditationen und Reisen wirken ja noch nach.
Und ich will meine Heilung nicht gefährden.

05.05.1994

Neue Schule, neues Glück.
Nach dem Gespräch mit der Biolehrerin und der Direktorin wurde meinen Eltern nahegelegt, die Schule für mich zu wechseln. Also bin ich hier.
Ich verfahre mich gleich einmal mit der Straßenbahn und komme zu spät.
In der Pause kommt Paula zu mir. Sie ist so etwas wie die Anführerin der Klasse und Klassensprecherin.
„Du Neue. Du brauchst nicht glauben, dass wir uns freuen, dass du hier bist."
Na, das fängt ja gut an.
Ich sage nichts und gehe in die Garderobe, um meine restlichen Schulsachen zu holen. Ein Kloß steckt in meinem Hals. Tränen steigen hoch, aber ich will das nicht.
Ich hasse es hier. In meiner vorherigen Schule waren die Mitschüler und Mitschülerinnen wenigstens nett. Ich war beliebt und hatte viele Freunde. Meine Clique hat immer an der Bushaltestelle auf mich gewartet, und dann sind wir gemeinsam die restlichen zehn Minuten zur Schule gegangen.
Die Lehrer*innen waren allerdings streng und ich glaube, sie mochten eigentlich keine Kinder. So fühlte es sich jedenfalls an.
Hannah ist noch an meiner Ex-Schule. Sie ist eine gute Schülerin. Immer Einser.
Ich bin eine schlechte Schülerin, außer in Turnen, Musik und Mathematik. Aber ich bin Legasthenikerin und mich interessiert das meiste Zeug nicht, das wir in der Schule lernen. Ich freue mich aufs Training. Darin bin ich gut. Ich würde am liebsten den ganzen Tag trainieren:

Trampolin, Zirkus, Singen, Tanzen und Theaterspielen.

06.05.2014

Gestern haben die Proben für "Cinderella" begonnen. Das Team scheint ganz nett zu sein.
Besonders die Bühnenbildnerin und ihr Mann taugen mir total. Die sind lustig. Auch "Horst vorne" ist ein äußerst leiwander Typ. Und er kann echt gut steppen.
Im Gegensatz zu mir. Ich bin da echt talentbefreit und außerdem tut mir nach der ersten Probe von den dauernden Flaps mein Knie schon weh. Ein Flap ist ein Doppelton aus dem fallenden Knie heraus ausgeführt, der lockere Fuß trifft mit dem Ballen auf den Boden, federt kurz zurück und ein Step schließt die Bewegung ab.
Genau dieser symbolisiert das Traben des Pferdes, weshalb wir es das ganze Stück über tun müssen. Und zwar nur mit rechts. Mit links machen wir nur einen normalen Step.
Horst, das wunderbare Pferd, hat auch ein sensationelles Solo. Da dürfen wir dann eine Stiege rauf- und runterhüpfen, wiehern und steppen, was das Zeug hält. Die größte Herausforderung ist, dass "Horst hinten", also ich, sich die ganze Zeit an der Hütte von "Horst vorne" festhält, damit wir wie ein Pferd aussehen. Und alles muss synchron sein. Aber wie heißt es so schön: Frau wächst mit ihren Aufgaben. Ich wachse also als steppender Pferdearsch.

Max hat sich übrigens nicht mehr gemeldet.

Da die Probe heute nur bis 17 Uhr geht, gönne ich mir eine Massage. Der Masseur macht einen ganz netten Eindruck, stellt aber zu viele Fragen. Ich möchte nicht reden, sondern massiert werden und entspannen. Egal. Die Massage ist okay. Jetzt noch auf den Rücken drehen und meine Beine durchkneten lassen. Das ist echt angenehm. Halt! Warum streift der so knapp an meiner Vagina vorbei? Und meine Brüste braucht er auch nicht so stark zu kneten!

Na egal, solange er nicht über die Grenze geht. Und solange ich mich noch entspannen kann. Aber ganz ehrlich: Er geht über meine Grenzen! Und entspannen kann ich auch nicht mehr. Ich ziehe mich wieder an, und er fragt mich, ob ich mich für Energiearbeit interessiere.

„Ich biete auch Aura- und Chakren-Reinigungen an. Kostet 80 €.“ Wir vereinbaren einen Termin für die kommende Woche und ich begebe mich auf den Weg ins Kaffeehaus.

Dort wartet “Horst vorne” auf mich. Wir möchten uns besser kennenlernen. Er heißt übrigens Moritz, hat dunkelbraune Augen, dunkelbraune kurze Haare, und einen Kinnbart. Seine Statur ist durchtrainiert, aber nicht aufgeblasen. Also eher ein Tänzerkörper als ein Bodybuilder. Und er kommt aus Deutschland. Berlin.

Es ist sein erstes Engagement in Klagenfurt, und ich erzähle ihm den Klatsch und Tratsch, den es hier zu wissen gibt. Sage ihm, wo es das beste Bier gibt und in welchen Hütten das spektakulärste Nachtleben stattfindet: zwei Schwulendiscos und ein Irish Pub. Mehr gibt es hier nicht.

Wir verstehen uns auf Anhieb und können total viel miteinander lachen. Und außerdem ist er auch voll auf der Eso-Welle. Sein Credo: Finde dich selbst, dann findest du auch jemand anderen.

Gar nicht so schlecht.

Auch beim Thema Eso-Bücher können wir einige Parallelen feststellen. Ich lasse Namen wie Brandon Bays, Byron Kathie, Neal Donald Walsh, Eckhard Tolle, Will Bowen, Safi Nidiaye, Joseph Murphy, David Schnarch, Don Miguel Ruiz

und meinen absoluten Favoriten Kay Pollak fallen. Er nickt und lacht, auch er hat von den eben genannten Schriftsteller*innen einiges gelesen.
Echt cooler Typ. Nebenbei macht er gerade eine Astrologieausbildung. Spannend.

„Was ist dein Lieblingsbuch?", fragt Moritz. Keine Ahnung. Mir gefällt so viel. „Ich habe ein Lieblingsbuch, das du sicher nicht kennst." Na, da bin ich mal gespannt.
„Das schneeverbrannte Dorf."
„Kenne ich."
„Echt?"
„Ja, hat meine Tante geschrieben. Hat auch den Hannover-Buchpreis dafür bekommen. Gefällt mir auch sehr gut. Aber ich bin da sicher befangen."
„Echt jetzt? Deine Tante?"
„Ja. Ich kann sie dir ja einmal vorstellen, wenn du willst."
„Cool."
Na bitte. Schon direkt einen Trumpf im Ärmel. Wow, ich genieße es richtig, mit Moritz hier zu sitzen.
Scheiß auf Max.
Mein neues Projekt heißt: Moritz.

Und das mit der Astrologie will mir auch nicht mehr aus dem Kopf.

12.05.2014

Die Proben sind cool. Vor allem deshalb, weil Moritz und ich uns so gut verstehen. Er ist ein riesen Schatz. Verständnisvoll, charmant, ehrlich und vor allem lustig. Wirklich lustig.

Okay, auch er zeigt nicht besonders aktiv seine Zuneigung, aber ich sehe ihn jeden Tag, deshalb habe ich da auch keinen Stress.
Ich lasse es langsam angehen.
Obwohl in meinem Kopfkino bereits alles Mögliche abgeht. Was denkt er über mich? Wie gefalle ich ihm? Hat er auch Glücksgefühle im Herzen, wenn er mich sieht? Wie ist er wohl im Bett? Könnte er der Vater meiner Kinder werden? Will er überhaupt Kinder? Wie viele Ex-Freundinnen hatte er schon? Könnte er sich vorstellen, nach Wien zu ziehen? Für mich? Wie ist sein Lebensplan?
So viel zu langsam angehen!
Immerhin habe ich ihm noch keine einzige dieser Fragen gestellt. Da bin ich echt stolz auf mich.

Ich bin gerade auf dem Weg zu diesem Masseur von vergangener Woche. Heute habe ich eine Aura- und Chakren-Reinigung. Ich bin voll gut drauf, neugierig und sehr gespannt, was das genau ist. Denn wie gesagt: Ich bin offen für alles.
Es ist schon 20 Uhr, deshalb dürften keine anderen Klient*innen mehr in seiner Praxis sein. Er bietet mir Tee an. Wir führen Smalltalk. Und setzen uns dann an seinen großen Eichentisch, der mit allen möglichen Kristallen, Engeln und Herzskulpturen geschmückt ist.
Oder vollgeräumt ist. Ansichtssache.

Wir sitzen also an diesem Tisch und er fragt mich: „Auf einer Skala von eins bis zehn, wie geht es dir heute? Wobei eins das Beste ist und zehn das Schlechteste."
„Naja, sagen wir mal drei."
„Warum bist du dann hier?"

„Tja, ich bin eben neugierig. Und da ich von meinem Leben alles erwarte, bin ich offen für neue Wege, um alles zu erreichen.”
Er: „Sehr gute Einstellung. Muss ich mir merken. Und was genau ist alles?"
Ich: „Das werde ich wissen, wenn ich es erreicht habe. Ich glaube, es ist einfach alles, was ich mir je erträumt habe."
Er: „Und von was träumst du?"
„Gute Frage. Von Erfüllung, Traummann, Hauptrollen, viel Geld und geilen Reisen um die Welt. Und von absoluter Freiheit.”
„Na, dann hast ja eh noch einiges vor.”
Jetzt stellt er bunte Fläschchen auf den Tisch. Rot, grün, blau, gelb, gold, orange. Er bittet mich, eines zu ziehen.
Ich wähle gold. Darauf steht: Selbstbewusstsein.
Er erläutert mir, dass ich ein Selbstwertproblem habe und daran arbeiten muss. Okay, das ist nichts Neues für mich, aber gut. Er baut jetzt eine stärkende Aura auf. Dies tut er, indem er um mich herum geht und mit seinen Händen mit einem Abstand von ungefähr 30 Zentimetern meine Konturen von oben bis unten abstreift.
Das fühlt sich sehr wärmend und echt gut an.
Jetzt bittet er mich, ein anderes Fläschchen zu ziehen.
Rot.
Er meint, dass ich ein Problem mit meiner Sexualität, meiner Weiblichkeit und Nacktheit habe.
Aha. Das kann ich mir zwar nicht vorstellen, da ich mit meinem Körper keine Probleme habe und deshalb auch nicht mit meiner Nacktheit. Ich ziehe mich vor anderen Leuten um, egal ob Männer oder Frauen. Gehe nackt schwimmen. Manchmal sind da die männlichen Nudel-aufläufe ganz witzig. Und in meiner Familie war Nacktsein sowieso nie ein Thema. Wir rannten alle nackt durch die Wohnung.

Und mit meiner Sexualität habe ich auch kein Problem, wenn es sie denn gäbe.
Aber okay. Vielleicht ist da in meinem Unterbewusstsein etwas, das ich nicht deuten kann.
Er bittet mich jetzt in seinen Massageraum, in dem eine Matratze auf dem Boden liegt und Kerzen herumstehen. Er fragt mich, ob ich ihm vertraue und ob ich mich dieser Sitzung jetzt ganz hingeben will, um heil zu werden.
Ja sicher. Warum nicht.
„Wir spielen jetzt ein Spiel".
„Okay."
„Ich habe hier einen Kristall, und wenn die glatte Seite nach oben zeigt, musst du dir ein Kleidungsstück ausziehen. Ich mache ebenfalls mit, damit du dich nicht alleine fühlst."
Na gut, wenn es mir hilft, meine mir nicht bewussten Blockaden in diesem Bereich zu transformieren, dann spielen wir eben Strip-Poker.
Nach zehn Minuten stehe ich in meiner Unterwäsche, er in Boxershorts da.
Er: „Können wir weitermachen?"
„Ja, warum nicht?" Ich bin doch gespannt, worauf das hinausläuft. Er wird schon merken, dass ich keine Probleme mit Nacktheit habe. Ich würfle noch einmal und muss den Rest ausziehen. Er ebenfalls.
So langsam frage ich mich, warum wir uns nicht einfach entkleidet haben, sondern spielen mussten. Aber bitte. Ich bin ja nicht die Heilerin.
Splitternackt stehen wir uns gegenüber, und er erklärt mir, dass der nächste Schritt eine Massage sei.
Das klingt für mich gar nicht so schlecht. Wenn das die Lösung all meiner Probleme ist.
Die Massage ist sehr angenehm, wobei er mir immer ein bisschen zu nahe an die Klitoris kommt. Er hat sogar schon

einmal meine Schamlippen berührt und das fühlt sich für mich nicht gut an.
Jetzt muss ich ihn massieren. Warum das denn?
Vielleicht, um die Scheu vor einem anderen nackten, männlichen Körper zu überwinden?
Gesagt, getan. Ich massiere ihn.
Irgendwie graut mir vor seinem Körper. Er ist um die fünfzig, hat eine Glatze, einen schwarz-grau gefleckten Bart und der Körper ist schwabbelig und behaart.
Aber gut. Vielleicht ist das meine Blockade. Vielleicht muss ich lernen, mich nicht vor anderen zu grausen.
Wir sind ja immerhin alle eins.
„Bist du bereit für den nächsten Schritt?"
„Ja klar". Ich bin ja schon neugierig, was da noch kommt.
Er setzt sich vor mir in den Lotus. Das ist eine Yogaposition, die auch im Tantra häufig verwendet wird. Aufrechter Rücken, die Beine ineinander verschränkt, und die Füße werden durch die angewinkelten Beine nach oben gelegt. Für mich eine sehr schmerzhafte Position, aber dem Herrn Masseur dürfte es nichts machen. Und jetzt?
Jetzt soll ich mich auf ihn draufsetzen und die Beine um ihn schlingen.
Wie jetzt? Echt?
Ich setze mich also auf seine Beine und schlinge meine um ihn herum.
Wir sitzen umschlungen, Körper an Körper, Herz an Herz, splitternackt und auf dem Boden. Er beginnt den Oberkörper zu kreisen. Die Kreise werden immer größer und mein Gefühl immer unbehaglicher.
Was soll das? Warum? Was bringt mir das?
Er bemerkt meine Skepsis: „Hast du etwa einen Freund, vor dem dir das unangenehm ist?"
„Ja", lüge ich.

„Der muss ja nichts davon erfahren. Das bleibt unter uns."
Wieso? Tun wir etwa etwas Unrechtes? Also wenn ich einen Freund hätte, wäre das dann falsch?
Ist das sexuelle Belästigung?
Wobei er keine Erektion hat. Vielleicht ist das ja ein schamanisches Ritual. Die machen doch auch alles nackt.
Wir kreisen also weiter, und ich ärgere mich total, dass ich mich nicht traue, Fragen zu stellen.
Was hat das alles für einen Sinn? Warum müssen wir nackt sein? Und überhaupt, am liebsten würde ich aufstehen und gehen. Aber was tue ich: nichts.
Zum Glück hören wir jetzt auf und ich kann mich wieder anziehen.
Nach wie vor verwirrt mich, dass er nie eine Erektion hatte. Also doch ein Ritual?
„Wie fühlst du dich jetzt auf einer Skala von eins bis zehn?", fragt er noch.
„Drei.", ist meine ehrliche Antwort.
Er lächelt, ich gebe ihm die achtzig Euro und mache mich auf den Weg zur Tür.
Zugesperrt. Aha.
Warum? Wahrscheinlich, um einen geschützten Raum zu haben, in den niemand reinplatzen kann.
Er sperrt auf und meint, dass wir uns gerne noch einen Termin ausmachen können. Fürs nächste Mal.
„Ich rufe an," entgegne ich verwirrt.

Verstört trete ich meinen Heimweg an. Ich grüble noch immer über diese komische Sitzung und hätte gerne eine objektive Meinung dazu. Also rufe ich Hannah an.
Ich erzähle ihr alles im Detail und sie ist fassungslos.
„Warum hast du nichts gesagt?"

„Was hätte ich denn sagen sollen? Außerdem stand ich irgendwie neben mir.“
„Eh klar. Das war schwarze Magie. Das war ein Machtspiel: Wie weit kann ich gehen?“
„So hab ich das noch gar nicht gesehen. Stimmt.“
„Du musst diesen Arsch anzeigen. Oder zumindest bei der Gewerkschaft melden. Das war eindeutig Missbrauch. Der sollte nie wieder in diesem Bereich arbeiten dürfen.“
„So schlimm war es jetzt auch nicht. Außerdem war ich ja freiwillig dort, und ich habe mich auch freiwillig ausgezogen. Und auf ihn gesetzt.“
„Weil er dich manipuliert hat! Und was glaubst du, was der bei anderen macht. Du bist sicher nicht die Einzige. Das ist so ein typischer Kompetenzvortäuscher.“
„Ja, hast eh recht.“
„Andere Mädels reden dann wahrscheinlich nicht darüber, weil sie sich schämen oder weil sie niemanden zum Reden haben.“
„So weit hab ich noch gar nicht gedacht. Er ist mir auch ein bisschen so vorgekommen, als wolle er unbedingt ein Guru sein.“
„Mich kotzen diese Halb-Erleuchteten sowas von an.“
„Okay, ich werde es melden. Aber erst morgen. Jetzt bin ich müde.“
„Halt die Ohren steif, Schwesterchen. Was du immer für Sachen machst. Das geht ja auf keine Kuhhaut.“

Ich setze mich auf eine Bank, und denke über die Worte meiner Schwester nach. Sie hat sicher recht. Aber ich will jetzt nicht Trübsal blasen. Morgen ist auch noch ein Tag.
Ich brauch jetzt was Aufheiterndes. Moritz.
Ich rufe Moritz an und verabrede mich in zehn Minuten im Irish Pub. Dem “Molly Malones”.

Moritz schaut echt sexy aus, wie er da so zur Tür hereinkommt. Zielsicher läuft er auf mich zu und strahlt übers ganze Gesicht. Es scheint ihm echt gut zu gehen. Genau das brauche ich jetzt.
Wir bestellen zwei Krügerl, und ich schildere ihm mein heutiges Erlebnis. Ebenfalls sehr detailgetreu.
Moritz kann sich vor Lachen kaum halten und bringt immer wieder so Einwürfe wie: „Wie, er hatte keinen Steifen?“ oder „Hat er geschwitzt? Oder gestunken?“, „Nicht mal eine kleine Erektion?“, „Warum hast du ihm keine gescheuert?“, „Und warum um alles in der Welt hast du ihm auch noch die 80 Euro gegeben?“
Ich antworte so gut ich kann, da ich selbst kaum verstehe, warum ich da mitgemacht habe.
Warum habe ich für diesen Wahnsinn bezahlt?
Moritz amüsiert sich total, und er verarscht mich nach Strich und Faden. Was mich aber nicht stört, sondern eher aufmuntert.
Wie cool wäre es, wenn er heute mit zu mir kommen würde! Heute hätte ich echt nichts gegen ein Mitleidskuscheln oder so.
Letzter Schluck runter und Aufbruch. Es ist immerhin schon vier Uhr in der Früh, und die Proben beginnen um zehn. Also los ins Bett.
Soll ich ihn jetzt fragen?

Da verabschiedet er sich schon mit einem flüchtigen Busserl auf die Wange und geht lachend und singend seiner Wege.

09.09.1994

Juhu, ich bin Wiener Landesmeisterin im Trampolinspringen.
Und Mama und Papa haben zugeschaut.
Hannah leider nicht, denn sie hatte ein Volleyball-Match.
Und Wendelin ist bei einem Freund.
Aber immerhin waren Mama und Papa da.
Es war echt knapp. Nur acht Zehntelpunkte, und ich wäre Zweite geworden.
Ich liebe Trampolinspringen. Es waren sogar zwei Freundinnen aus meiner Klasse zuschauen.
Und Willi. Der war auch da. Willi ist so cool.
Und jetzt gehen wir feiern.

15.05.2014

Zwei Tage spielfrei. Ich fahre spontan nach Wien. Mit Moritz. Ich habe schließlich einen Bildungsauftrag und möchte ihm die schöne Hauptstadt Österreichs näherbringen. Ihm ein bisschen näherzukommen, wäre nebenbei auch nicht schlecht.
Im Internet habe ich herausgefunden, dass gerade eine ziemlich coole Ausstellung im Augarten läuft. Mit dieser möchte ich bei Moritz natürlich reinfetzen. Okay, zugegeben, mein Vater hat mich draufgebracht. Er war schon mit meiner Mutter dort und es hat ihnen total gut gefallen. Manchmal heißt das zwar nichts. Denn mein Vater steht auf sehr schräge Kunst. Beispielsweise auf ein Tanzstück alias „Wir scheißen in die Ecke und laufen im Kreis". Das war jetzt nicht der Name des Stücks. Der Satz beschreibt nur gut, was dort stattfand. Trotzdem ist es einen Versuch

wert, seinen Empfehlungen zu folgen. Auch wenn ihm ein Professor während seiner Studienzeit an der Kunstuniversität nahegelegt hat, das Studium abzubrechen. Sein Kunstverständnis entspräche nicht der dortigen Lehre. Mein Papa halt.

Carsten Höllers Ausstellung LEBEN in der TBA21–Augarten ist als experimenteller Parcours angelegt. Gezeigt werden Arbeiten aus der Sammlung der Thyssen-Bornemisza Art Contemporary, wie auch einige für die Ausstellung konzipierte und produzierte Arbeiten, die zu Interaktionen einladen, Stimmungen und Affekte hervorrufen und „orientiertes" Handeln generieren.

Orientiertes Handeln. Was das wohl sein mag? Stimmungen und Affekte werden mit Sicherheit hervorgerufen. Ich freue mich jedenfalls total, weil es ausgefallen ist und ich beweisen kann, wie originell ich bin.
Am Eingang fragt uns eine extrem nette Dame: „Wollen Sie nur in die Ausstellung oder auch eine Übernachtung buchen?"
Ich: „Wie viel kostet denn die Übernachtung?"
„In unserem spektakulären Aufzugbett kostet das 380 Euro. Mit Frühstück."
Moritz: „Ich denke, wir wollen nur in die Ausstellung."
Ich: „Ja. Nur die Ausstellung."
Moritz: „Exorbitante Preise habt ihr schon mal in eurem schönen Wien. 380 Euro. Wow."
Ich: „Wäre aber eh für zwei. Plus Frühstück."
Moritz: „Hast du einen anderen Vertrag als ich? Oder einen Geldscheißer? Oder ist Wien prinzipiell so teuer?"

Ich: „Nichts von alldem. Dachte nur, es wäre spektakulär. Einmal in so einem Aufzugsbett zu schlafen. Aber hast eh recht. Zu teuer."
Moritz: „So etwas ist vielleicht etwas für einen Jahrestag, Hochzeitstag oder einen Antrag. Aber einfach nur so finde ich den Preis zu heavy."
Ich: „Hast recht. Komm lass uns reingehen."
Die Ausstellung ist riesig. Ich bin beeindruckt und innerlich hüpft mein Herz. Ich liebe es, nicht der Norm zu entsprechen.
Moritz: „Wow, schaut super aus. Aber was genau ist das alles?"
Ich: „Warte. Ich lese es dir vor. Hab den Flyer mitgenommen. Also: 'Surreal überdimensionierte, geteilte Pilze, ein Schwerelosigkeit simulierender Flotation-Tank, eine Uhr, die nur ausgewählte Zeitintervalle angibt, trauminduzierende Zahnpasta, und ein Bett, das auf eine Höhe von 3,5 Meter ausgefahren werden kann – all diese Arbeiten sind Teil von Carsten Höllers Ausstellung, um BesucherInnen eine andere Logik als die Alltägliche erfahren zu lassen. Aber um welchen Nutzen geht es, um welche Anwendbarkeit, wenn am Ende die neuen Regeln einer uns unbekannten Logik hauptsächlich Verwirrung zu stiften scheinen? Nur soviel scheint klar: Die von den Besucher*innen wahrnehmbaren Regeln beziehen sich auf die große Gemeinsamkeit des Am-Leben-Seins und auf das Wissen darum. Gleichzeitig bieten die als Werkzeuge gedachten Arbeiten die Möglichkeit, gerade alltägliche Aktivitäten (Schlafen, Baden) anders als gewöhnlich wahrzunehmen. Sie finden in einem Raum statt, welcher der utilitaristischen Logik nicht mehr zu obliegen scheint'."
Moritz: „Wow. Viel Brainfuck, aber irgendwie cool."

Ich google noch schnell utilitaristisch. Kommt natürlich wie fast alles aus dem Lateinischen.
Utilitas = Nutzen. Eine Form der zweckorientierten Ethik.
Na bitte. Weiß jetzt auch nicht mehr als vorher, aber es klingt gut. Utilitaristisch.
Wir schauen uns alles genau an. Ich weiß ja, dass meine Eltern vor kurzem hier waren, und mit einem inneren Lachen stelle ich mir vor, wie sie es hier getrieben haben. Das haben die sicher gemacht.
Genug.
Mich interessiert am meisten dieser Schwerelosigkeit simulierende Flotation-Tank.

*Das Wasser im hohen Psychotank beinhaltet eine hohe Konzentration an Bittersalz. Besucher*innen können entkleidet – Nacktheit ist Voraussetzung – in den Flotation-Tank eintauchen und Schwerelosigkeit sowie ein sensorisches Gleichgewicht erfahren.* [2]

Das klingt doch super.
Nacktentspannt und schwerelos neben Moritz. Das will ich. Sofort.
Vor dem Psychotank bekommen wir Bademantel und Schlapfen. Wir müssen natürlich zuerst die Kleider ablegen und duschen.
Das Wasser ist warm und das Gefühl ist sensationell. Frau vergisst da echt den Alltag. Moritz scheint das auch total zu gefallen, und das ist natürlich Balsam für meine Seele. Ich versuche, ihn immer mal wieder kurz zu berühren. Ganz zufällig. Aber er ist gegenüber jeglichem Annäherungsversuch meinerseits erhaben.
„Das ist ja ärger als im Toten Meer."
„Keine Ahnung, war dort noch nie."

„Ich war mit einem quasi Ex-Freund dort. Vor zwei Jahren."
Mich setzt ein innerer Ruck senkrecht im Becken auf: „Du bist schwul?"
Was habe ich da übersehen? Normalerweise merke ich das doch sofort. Oder bin ich so verzweifelt, dass ich blind für das Wesentliche bin? Brauche ich so dringend Nähe, Liebe und Geborgenheit? Was ist da wieder in meiner Kindheit falsch gelaufen!
„Nein. Also besser gesagt: Ich weiß es nicht."
„Was heißt, du weißt es nicht. Vögelst du lieber mit Männern oder mit Frauen?"
„Weiß ich nicht."
„Wie, weiß ich nicht?"
„Naja. Ich hatte was mit Männern und mit Frauen. Aber richtigen Sex hatte ich überhaupt noch nie."
Na das wird ja immer besser.
„Du hattest noch nie Sex?"
„Nein. Und bitte sei nicht so laut. Wir sind immerhin Teil eines Kunstwerks."
„Sorry. Bin schon ruhig. Die Leute können aber eh nur unsere Schatten wahrnehmen, und hören tut uns auch bestimmt niemand. Also bitte kläre mich auf."
„Wenn ich das nur könnte. Ich kenne mich selbst nicht aus. Früher redete ich mir wie alle in der Pubertät ein, dass ich auf Mädchen stehe. Dann begann ich mit der Musicalausbildung. Dort redete ich mir dann ein, dass ich auf Jungs stehe. Aber wenn ich ehrlich bin: Ich kann es dir nicht sagen. Ich habe irgendwie auch überhaupt kein Bedürfnis nach Sex."
„Echt? Sowas habe ich in meiner ganzen Laufbahn noch nie gehört. Und hätten deine Eltern was dagegen, wenn du schwul wärst? Du weißt ja, die meisten Probleme kommen aus der Kindheit."

„Nein. Meine Eltern würden das sogar sehr begrüßen. Die fänden das cool. Sie erzählen es auch herum. So auf die Art: Unser Sohn ist Künstler und schwul ist er auch. Wir sind doch echt eine besondere Familie."
„Das ist ja mal was anderes. Normalerweise schämen sich die Eltern."
„Bei mir nicht. Ich habe sogar das Gefühl, dass sie enttäuscht wären, wenn ich hetero wäre."
„Vielleicht ist das der Grund, warum du vorgibst, schwul zu sein. Um deinen Eltern zu gefallen."
„Kann schon sein, wobei ich das nicht glaube. Ich fühle mich in meinen Handlungen eigentlich nicht eingeschränkt. Außerdem verbringe ich die meiste Zeit aufgrund meines Jobs im Ausland, und da kann ich sowieso tun und lassen was ich will."
„Das war jetzt echt mit dem Arsch ins Gesicht für mich."
„Nein, darauf steh ich auch nicht!"
„Haha, sehr lustig. Ich mache mir schon seit wir uns kennen Gedanken, wie ich dich herumkriegen könnte. Und dann stellt sich heraus, dass du nicht nur nicht interessiert bist, sondern gar nicht weißt, was dich anmacht. Oder wer? Oder worauf du stehst."
„That's life, Süße. Aber was glaubst du, wie es mir geht?"
„Okay, ich gebe zu, das ist sicher keine einfache Situation. Aber ganz ehrlich: Könntest du es dir wenigstens ein bisschen vorstellen, mit mir zusammen zu sein?"
„Das kann ich nicht sagen. Ich war ja bis jetzt noch nie mit jemandem richtig zusammen. Also für länger. Vielleicht habe ich einfach eine Bindungsphobie."
„Aber du hattest doch einen quasi Ex-Freund?"
„Stimmt. Aber eben nur quasi."
„Geht dir denn gar nichts ab? Kuscheln, Nähe, Schmusen, Geborgenheit, Reden?"

„Nein, eigentlich bin ich ganz zufrieden mit mir selbst. Und diese Dinge kann ich ja auch mit Freundinnen und Freunden. Wie du siehst. Ich meine, wir beide liegen nackt in einem Salzwasserpool in luftigen Höhen. Was gibt es Schöneres?“
„Wow. Das ist echt beneidenswert.“
„Was jetzt genau?“
„Naja, diese Selbstzufriedenheit. Bei mir ist das ganz anders. Ich suche oft nach meiner zweiten Hälfte. Überall wittere ich potenzielle Partner. Auch dort, wo es gar keine gibt. In meiner Tempelschule zum Beispiel. Die Leiterin erwähnt, dass sie einen Sohn in meinem Alter hat. Und bam, fantasiere ich schon, ob der nicht der ideale Mann für mich wäre, da seine Mutter so spirituell ist. Ich bin da echt komplett gestört.“
„Sei nicht so streng mit dir. Alle haben irgendwo einen schwachen Punkt.“
„Wenn's denn nur der eine wäre.“
„Geh bitte, Süße, nicht so theatralisch. Mit Selbstmitleid kommst du bei mir nicht besonders weit. Außerdem: Hast du MIR gerade zugehört?“
„Jaja, schon gut. Aber du brauchst auch nicht jammern. Immerhin hast du keinen Beziehungsstress.“
„Dafür Kein-Beziehungs-Stress. Das verstehen die Leute noch viel weniger. Und ich kann es ihnen gar nicht verübeln. Ich versteh mich ja selbst nicht.“
„Vielleicht bist du einfach zu schüchtern oder hast zu viel Angst vor Nähe.“
„Kann sein. Aber weißt du was? Meine Astroausbildung ist da die beste Therapie. Und wenn ich fertig bin, kannst du zu mir kommen, und ich zerlege dein Leben in Einzelteile.“
„Okay, so machen wir das.“

Mit verschrumpelten Fingern und aufgeweichten Füßen verlassen wir den Floating Tank, duschen uns und gehen noch ins Café neben der Ausstellung.
„Moritz, eine Frage habe ich noch. Wie ist denn das mit Pornos? Welche machen dich da an?“
„Süße, du wirst ja immer indiskreter. Ganz ehrlich: Auf dieses Zeug stehe ich überhaupt nicht. Mich törnt an, wenn zwei Menschen Gefühle zeigen. Also streiten und dann die totale Versöhnung und so Zeug.“
„Tja, vielleicht bist du doch schwul.“
„Sehr witzig. Das war aber ein ziemlich klischeehaftes Vorurteil, Frau Emanze.“
„Selbstbefriedigen tust du schon?“
„Du hast gesagt EINE Frage. Aber bitte. Ja das tue ich schon. Ich bin ja keine andere Spezies.“
Na, zumindest etwas. Echt arg, was Moritz da so erzählt. Ich bin ganz fasziniert von ihm. Aber okay, mehr als eine echt gute Freundschaft wird das nicht werden. Denn was ich mit Sicherheit weiß: Ich will einen Mann, der NUR mich will. Und das zu hundert Prozent. Aber wie um alles in der Welt kann eine Person keine Beziehung anstreben?
Jetzt heißt es also für mich: Operation Moritz gescheitert.

Was wohl Max gerade so treibt?

17.06.2014

Die Premiere von “Cinderella” in der vergangenen Woche war ein voller Erfolg. Mit Moritz verstehe ich mich nach wie vor gut. Ich mache mir nur eben keine Hoffnungen mehr. Das entspannt mich natürlich im Umgang mit ihm noch mehr. Wenn ich an ihn denke, kommt mir immer wieder der Spruch ins Gedächtnis: „Er verwechselte oft Penis mit

Scheiden, weil er sich dachte schön ist's mit beiden." Ich weiß. Böse, aber lustig. Er ist mir auf alle Fälle schon total ans Herz gewachsen.
Und das Geilste? Ich habe mit ihm eine Radixdeutung ausgemacht. Er wird mir also mein Horoskop und damit hoffentlich mein Leben erklären.

Bloggen. Das habe ich in letzter Zeit ziemlich schleifen lassen, aber jetzt habe ich wieder die Muse dazu. Ich schau mal nach, welches Thema gerade an der Academy empfohlen wird.
Persönlichkeitstest. Cool. Super Thema.

Der BIG-5 Persönlichkeitstest sagt: ..., und wie dies mein Leben und Arbeiten beeinflusst

*Es gibt unzählige **Persönlichkeitstests.** Ich glaube, dass Menschen schon immer Erklärungen für ihr Verhalten suchten.*
Und zugegeben, ich habe sehr, sehr viele davon gemacht :-).
*Ich liebe **Ankreuztests** einfach. Und ich bin süchtig danach mehr über mich zu lernen. Und zu erfahren.*

- *Enneagramm bin ich die **8***
- *Human Design der **manifestierende Generator***
- ***Astrologisch** bin ich **Skorpion Sonne mit Löwe** Aszendent*
- *In der **Quersumme** bin ich eine **2***
- *Im Tarot also die **Hohepriesterin***
- *Beim Tobias Beck Persönlichkeitstest bin ich **Delphin***
- *Bei Myers Briggs Typenindikator bin ich die **Debattierer** Persönlichkeit. Auch ENTP-T bezeichnet*

*Gestern habe ich den Big 5-Persönlichkeitstest gemacht. Leset und staunet. Denn hier kommt ein kleiner **Seelenstriptease:***

1. ***Offenheit – meine Gesundmacherin***

*Ich bin ein sehr **aufgeschlossener Mensch**, stelle mich meistens sehr offen den **Herausforderungen** des Lebens. Eigentlich stelle ich mich in jedem Lebensbereich kampfeslustig meinen Herausforderungen.*

*Mit fremden Menschen **ins Gespräch zu kommen** zum Beispiel, ist für viele Menschen ein Horror. Für mich hingegen ist es **sehr einfach**. Meine Schwester nimmt mich deshalb auch gerne zu irgendwelchen formellen Veranstaltungen mit.*

Denn ich finde mit jeder/m ein Gesprächsthema. Das Problem ist dann eher, das Aufhören zu reden und den Heimweg anzutreten :-).

*Ich liebe die **Abwechslung,** bin **experimentierfreudig** und extrem **tolerant für Vielfalt**.*
Je unkonventioneller, je lieber :-). Ja, das sagen auch all diese Tests aus :-).

*Ich bin von Natur aus sehr **neugierig** und **kreativ**. Ich **prüfe neue Ideen** und probiere alles mal aus.*
Bei meiner Arbeit mache ich es so. Falls das eine nicht funktioniert, probiere ich etwas anderes. Und ich denke mir oft, wenn es nicht klappt: "Scheiß drauf", beim nächsten Mal klappt es bestimmt besser.
*Das beste Beispiel dafür ist **persönlicher Kontakt** versus **online Kontakt**. Wer sich heutzutage noch immer gegen Facebook, Instagram und weitere Onlinetools stellt, hat verloren.*
Ich kann gut nachvollziehen, dass diese neue Form der Kommunikation am Anfang stressig ist. Aber es ist eben nötig, um sich weiterzuentwickeln.

*Mit dem **Konservativen** und der **Tradition** habe ich so meine **Problemchen**. Gebe ich zu. Ich hasse nichts mehr als den Satz: "Das gehört sich aber so", oder "Was sagen denn da die anderen?" Wenn irgendjemand mir einen dieser Sätze an den Kopf wirft, oder ähnliches, kann es leicht passieren, dass dieser jemand verbal zerfetzt wird.*

*Ich bin meistens für das **Innovative**, Neue. Und da echt lernwillig. Auch wenn ich es am Anfang verteufle, wie meinen Computer zum Beispiel. Ein Leben ohne ihn hätte für mich, theatralisch ausgedrückt, keinen Sinn mehr :-).*

*Ich bin nicht immer die **Pragmatischste**. Auch das muss ich gestehen. Die Wirklichkeit ist manchmal einfach zu einfach und zu gewöhnlich für mich.*
*Meine **Fantasie**, die reichere und interessantere Wege schafft, ist oft **grenzenlos**.*

2. Gewissenhaftigkeit – Ja eh!

***Verantwortungsbewusstsein** wird bei mir gaaaanz groß geschrieben. Manchmal zu groß. Denn es kann schon mal in einer **Kontrollsucht** enden.*

*Ja, ich habe eine hohe **Selbstdisziplin** bei den meisten Dingen. Aber das kann ebenfalls zum **Fanatismus** umschlagen.*
Ein Beispiel dafür ist, dass ich wochenlang keinen Sport gemacht habe, da ich viel arbeiten wollte. Dann bekam ich einen "Rappel" und gehe seither jeden Tag eine Stunde aufs Laufband plus tanzen und turnen. Eine Form von Extrem würde ich jetzt mal so schreiben :-).

Aber ich meditiere und mach Yoga. Ich verspreche es :-), dadurch wird's ein bisschen besser :-).

*Positiv muss aber geschrieben sein, dass ich sehr **verlässlich** bin. Wenn ich ein Versprechen gebe, halte ich es. Ich plane zum Teil gerne bei meiner Arbeit. Bin aber wiederum sehr spontan und flexibel. 50/50 würde ich da meinen. Und ich würde mich auch als sehr **kompetent** beschreiben. Also, nicht nur ich würde mich so beschreiben, sondern auch diese ganzen Tests :-).*
Und die müssen es ja wissen.

3. Extraversion – Echt jetzt?

*Okay, dass ich eine **extrovertierte Frau** bin, wusste ich auch vor diesen ganzen Tests. Und auch meine Mitmenschen könnten dies das eine oder andere Mal bemerkt haben.*
*Ich kann gut und gerne vor Menschen sprechen, kann andere Menschen mitziehen und für etwas **begeistern**, und ja, ich genieße es zu **reden** :-).*

Wenn ich einen Raum betrete, stelle ich mich nicht an den Rand, sondern eher in die Mitte.

*Was ich aber auch sehr gerne mache, ist, **schüchternere Menschen** dazu zu ermutigen, mehr aus sich **rauszugehen**.*
Größer zu werden und sich Gehör zu verschaffen.
Denn ALLE Menschen haben etwas zu sagen. Nicht nur die lauten.

*In meinem **Privatleben** muss ich da echt manchmal aufpassen, dass ich Menschen nicht überrolle. Es kann nämlich schon passieren, dass ich meine Mitmenschen unterbreche, ihnen **ins Wort falle** oder sie einfach überhöre. Schuldig im Sinne der Anklage :-).*

4. Verträglichkeit – Ganz ohne Boxhandschuh

Hui. Dieses Gebiet ist bei mir ein bisschen eine Baustelle. Zumindest laut des Big-5 Tests.

*Meine Punkte für **Aufrichtigkeit**, **Vertrauen in andere**, und **Mitgefühl** sind sehr gut, aber mit der **Bescheidenheit** und dem **Entgegenkommen** hapert's.*

Die meinen allen Ernstes, dass ich dickköpfig bin :-).

*Um ganz ehrlich zu sein. Ja, ich bin **größenwahnsinnig**. Ja, ich glaube, dass mir ALLES zusteht. Ja, ich denke, dass ich etwas **ganz Besonderes bin**.*

*Trotzdem versuche ich natürlich, **dankbar zu sein** für das, was ich bin und habe.*
Ist nicht immer einfach für mich, aber eben "work in progress".

*Zu meinem **ausgeprägten Mitgefühl** kann ich nur schreiben: Ich hab sogar geheult, als bei "Bad Boys 2" (ja, eine Komödie) der jugendliche Freund der Tochter des Hauptdarstellers, eben diese Tochter abholen will und vom "Papa-Cop" verbal voll eingeschüchtert und verarscht wird. Die meisten finden diese Szene sehr lustig. Tja, ich hab Rotz und Wasser geheult, weil mir der junge Bub so Leid tat. Und als sich meine Mutter mit mir das erste Mal "Les Miserables" im Theater anschaute, fing ich bei der ersten Szene zu heulen an. Sträflinge arbeiten in einem Steinbruch. Die taten mir so Leid. Ich war damals sieben Jahre alt und meine Mutter dachte sich: "Wenn das jetzt schon losgeht, wie wird das dann bei den wirklich traurigen Szenen. Das Stück dauert drei Stunden."*
So viel zu meinem Mitgefühl.

5. Natürliche Reaktionen – Stress lass nach!

*Ich werde der **Völlerei** und der **Genusssucht** beschuldigt. Akzeptiere ich ohne Widerrede.*
Ich liebe Rotwein und könnte ihn jeden Tag trinken. Okay, ich trinke ihn fast jeden Tag :-).

Und ich liebe gutes Essen. Irgendwie passiert es auch immer mir, das Teuerste auf der Speisekarte zu bestellen. Zufälle gibt's :-).

Aber liebe Leute, jetzt werde ich auch noch der absoluten ***Reizbarkeit*** *angeklagt? Das geht dann auch mir ein bisschen zu weit :-).*

Ungeduldig, aufbrausend, angespannt. Ja klar! Kann alles schon mal vorkommen. Aber ich hab ja auch so viel zu tun und zu stemmen. Film, Fernsehen, Showbusiness. Sind da nicht alle so :-)?

Zumindest bin ich ***kein ängstlicher Persönlichkeitstyp****. Wäre bei meiner Jobauswahl auch eher hinderlich.*
Im Großen und Ganzen meine ich, dass ich ***Stresssituationen*** *ganz gut gewachsen bin. Außer natürlich, es geht um Menschen, die ich liebe. Da kann ich schon mal zur Furie werden.*

So, jetzt weißt du, wie ich ticke und was bei mir so abgeht.

Schönen Tag noch und besuche meinen Blog bald wieder.

Bloggen ist genial. Ich kann mir da richtig viel von der Seele schreiben. Und ich erfahre viel über mich selbst.

12.12.1994

Wow, diesen Abend werde ich niemals vergessen. Ich weiß jetzt genau, was ich machen will.
Ich will Musical spielen. So wie die in "Cats". Und ich will berühmt werden. Hauptrollen spielen und beklatscht werden.
Wir sind im Theater und ich wäre am liebsten heute selbst auf der Bühne gestanden. Das war so toll. Der Applaus. Die Stimmung. Alles.

Ich liebe das Theater. Und wie sagt Papa immer so schön, wenn ich bei etwas unsicher bin: „Du bist gut. Du kannst das."
Ich kann es echt nicht erwarten, selbst mal auf der Bühne zu stehen.

18.06.2014

Shit, schon wieder vergessen, das Handy abzuschalten.
„Hi Mister E. Was gibt's?"
„Hi Schlafmütze. Bist du in Wien?"
„Ja, noch zwei Tage."
„Super. Ich brauche dich morgen für einen Dreh. Als Christkindl. Allerdings müsstest du deine Haare komplett bleichen. Ich brauch dich als Wasserstoffblondine."
„Und wie soll das gehen? Ich habe dunkelbraune Haare!"
„Der Frisör meint, er bekommt das hin. Du hast heute um neun Uhr einen Termin."
„Das ist in einer halben Stunde!"
„Stimmt. Also los. Ich schicke dir die Adresse per SMS. Ach ja. Du wirst mit einer Pumpgun erschossen und wiederbelebt. Sturz in eine Glasvitrine."
„Alles klar. Ich leg los. Tschüss."

Ich schmeiße mich also in meinen Jogginganzug, putze die Zähne und fahre mit der U-Bahn zum Frisör im dritten Wiener Gemeindebezirk.
Wieso können die eigentlich keine Perücke nehmen? Egal. Außerdem gibt es fürs Haarefärben extra Kohle.
12 Stunden Haarefärben später und noch immer passt es der Regisseurin nicht. Wir müssen morgen um sechs Uhr weitermachen. Noch einmal bleichen, waschen, föhnen.

Die Haare sind 100 Prozent danach kaputt. Aber hey, that's the life of a Stuntwoman.
Der Dreh ist um 14 Uhr. Also sollte sich das ausgehen.
Müde und mit wundem Hintern trotte ich nach Hause und lese mir bei einem Gläschen Rotwein die Dispo – also den Drehplan – für morgen durch.

19.06.2014

Showtime.
Um Punkt sechs sitze ich auf dem Stuhl des Frisörs, der mich zur Blondine zaubern soll. Weitere sechs Stunden und es ist geschafft. Blond wie das waschechte Christkind.

Da dies alles viel länger dauert als erwartet, holt mich ein Filmvan ab und bringt mich ans Set. Der Maskenbildner wartet schon ungeduldig.
Haare lockig zaubern, Make-up, Glitzer: Alles, was das Herz begehrt. Die Regisseurin kommt sich das Christkindl anschauen und ist begeistert. Zum Glück. Es atmen alle auf, denn diese Haarfärbe-Geschichte hat schon die Runde gemacht. Und sie war teuer. Sehr teuer. Meine Haare wollten dieses Blond einfach nicht annehmen. Ich kann ihnen das gar nicht verübeln, denn es passt überhaupt nicht zu mir. Aber egal. Danach werde ich sie wahrscheinlich eh abschneiden müssen.

Mit einem wunderbaren Goldkleid, Lackschuhen und einem weißen Heiligenschein werde ich an den Drehort gebracht. Ein Juwelier, der vom Weihnachtsmann überfallen wird. Das Ganze ist für "Cop Stories - Stille Nacht".

Ich stehe also hinter der Schmuckvitrine und sehe den Weihnachtsmann hereinkommen. Er holt sein Gewehr und schießt auf mich. Ich werfe den Schmuck, den ich gerade in der Hand halte, sehr theatralisch in die Luft, und krache mit voller Wucht in die Glasvitrine hinter mir. Glassplitter, Schmuck und Blut fliegen durch die Luft und ich stürze mit Karacho zu Boden.
Echt ein geiler Stunt, finde ich. Und die Leute applaudieren. Juhu. Das tun sie bei Stunts eigentlich immer. Außer der Stunt geht schief. Aber für mein Ego und meinen Selbstwert ist es natürlich Balsam für die Seele.

Der Dreh dauert noch bis zwei Uhr früh, und ich falle, ohne auch nur an Rotwein zu denken, in mein wunderbares Bett.

03.07.2014

Die Vorstellungen in Klagenfurt laufen super und sind relativ easy. Mein Knie schmerzt ein bisschen von dem vielen Gesteppe, aber sonst ist die Arbeit sehr angenehm. Ich habe sogar eine Yogagruppe in Klagenfurt gefunden, die mir taugt. Was so ein steppender Pferdearsch alles in Gang bringt.
Und endlich: It's Astro-Time!
Heute bin ich bei Moritz, um mein Horoskop deuten zu lassen. Spannend.

Er erzählt mir etwas über meine fatalistische Skorpionsonne, meinen Löwen-Aszendenten, der gerne im Mittelpunkt steht, dessen Stärke aber die Herzenskraft ist und über meinen Mond im Schützen, der viel Optimismus, Freiheitsdrang und Toleranz verkörpert. Mein Mars ist ebenfalls im Schützen, und meine Venus steht in der Waage, was für die schönen Künste spricht. Merkur, der Planet der für die Kommunikation verantwortlich ist, steht ebenfalls im Skorpion, weshalb mir die Wahrheit extrem wichtig ist. Und dann sind da noch Uranus, Jupiter, Saturn, Neptun und Pluto. Da bin ich aber gedanklich schon abgedriftet. Too much für den Moment.

Was mich viel mehr interessiert und mir schon die ganze Zeit auf der Zunge brennt: Wie könnte ich zu einem genialen Mann kommen? Und was muss ich dafür tun? Moritz ist da sehr direkt: „Finde zu dir selbst, dann findet er dich."
Echt jetzt?
„Moritz, ich meine es ernst."
„Sage dir einfach jeden Tag die Affirmation: Der perfekte Mann hält jetzt nach mir Ausschau, und wir werden zusammengeführt."
Sehr lustig. Aber okay. Probieren kann ich es ja einmal.
„Und vertraue darauf, dass alles gut wird. Das ist übrigens eine Lebensaufgabe von dir. Ins Vertrauen gehen und dich dem Fluss des Lebens hingeben."
Vertrauen. Wieder so ein tolles Wort. Genauso wie loslassen, demütig, dankbar und bereit sein.
Und natürlich Liebe. Diese Worte klingen alle super und ich kann auch nachvollziehen, dass es helfen kann, wenn frau an diesen Dingen arbeitet.
Aber wenn etwas Oasch ist, dann hilft's nix, wenn mir jemand sagt: „Lasse es einfach los. Sei dankbar für das, was du hast. Oder löse es in Liebe auf."
Ja, aber WIE?
„Wenn das alles nicht funktioniert, übergib deine Sorgen einfach dem Heiligen Geist."

„Das wird ja immer besser, mein Lieber. Was hat der jetzt mit all dem zu tun? Außerdem, wenn alle Menschen ihre Sorgen dem Heiligen Geist übergeben, ist der zugeschüttet und kann erst recht nicht helfen. Nein, da muss ich schon alleine durch. Den Heiligen Geist möchte ich da gar nicht belasten und mit hineinziehen. Ich habe schließlich die Verantwortung für mich selbst und basta."
„Genau das ist dein Problem. Vertraue darauf, dass das Universum schon weiß, was es tut."
„Okay, das verstehe ich. Aber dazu brauche ich ja keinen Heiligen Geist. Dass die Menschen immer einen Guru brauchen. Und was ist eigentlich die weibliche Form von Guru? Gura?"
„Universum, Heiliger Geist, Lichtenergie. Suche dir aus, was dir gefällt, und dann übergib deine Ängste und Zweifel dieser Energie."
„Okay, okay, ich probiere es, wenn ich zu Hause bin."

04.07.2014

Ich habe gestern noch viel nachgedacht und mir vorgestellt, wie mich mein Traummann findet.
War irgendwie cool.
In der Nacht habe ich dann von Max geträumt. Warum wohl?
Was aber wirklich ein bisschen spooky ist: Jesus ist mir erschienen. Im Traum. Oder ein Typ, der so aussieht wie er. Arg, oder?
Natürlich habe ich ihm meine Sorgen nicht umgehängt. Der hatte es ja eh schwer genug in seinem kurzen Leben.
Mein Unterbewusstsein arbeitet anscheinend im Traum auf Hochtouren. Gut so. Dann kann ich meine bewussten

Phasen wenigstens mit Oberflächlichkeiten vollstopfen. Im Traum arbeite ich dann alles wieder auf. Ist das nicht ein genialer Plan?
Und weil ich gerade so Lust aufs Schreiben habe, tippe ich meinen nächsten Blogartikel in den Computer.

Meine Löffel-Liste bis zum Ende des Jahres 2014

*Juhu, jetzt weiß ich auch endlich was eine **Löffel-Liste** ist. Und es ist ja auch eigentlich ganz logisch. Aber von selbst bin ich nicht darauf gekommen.*

***„Den Löffel abgeben“** ist eine Redewendung, die aus dem Mittelalter stammt, denn damals haben die Menschen immer einen Löffel hinter dem Ohr mit sich herumgetragen, oder irgendwie am Hut befestigt mitgenommen, damit sie überall essen konnten. Wenn dann jemand gestorben ist, hat er/sie den eigenen **Löffel an seine Nachfahren** abgegeben.*

*Eine Löffel-Liste ist also eine Liste mit **Dingen,** die wir noch **erleben wollen, bevor wir den „Löffel abgeben“**.*

Klingt ein bisschen theatralisch, aber so ist es eben. Meine wirkliche Löffel-Liste habe ich noch nicht ganz fertig, aber ich finde es super auch für bestimmte Zeiträume eine dieser Listen zu machen, da ich dann die Ziele und Wünsche klar vor Augen habe.

Urlaub, Selbstfindung und viel Liebe

Dieses Jahr ist geprägt von Arbeit, Sinnsuche und Frustration in der Liebe. Deshalb möchte ich da gerne etwas ändern.

Ich nehme mir also für den Rest des Jahres 2014 vor:

- *Mindestens einen **Urlaub am Meer** zu machen.*
- *5 weitere **Blogartikel** zu schreiben.*
- *Mich jedes **Wochenende mit Freund*innen oder Familienmitgliedern** zu treffen und Spaß zu haben.*
- ***3 Selbstfindungsbücher** zu lesen.*
- *Mich über **Astrologie** schlau zu machen.*
- *Absolut **kein Fleisch** mehr zu essen. Nicht einmal Pute oder Geflügel. Denn Fleisch ist ja bekanntlich die größte Umweltsünde. Und natürlich Tierquälerei.*
- *Viel **tanzen zu gehen**. Jazz, Modern und Freestyle in der Disco (ja, auch das gehört zum Glücklichsein dazu :-)).*
- *Auf alle **Frauenrechtsdemos** zu gehen, die im Umfeld stattfinden.*
- ***Tagebuch** führen. Und zwar jeden Tag.*
- ***Shiatsu-Massagen** auszuprobieren. Und zwar bei einer Frau.*
- *3 mal in der Woche **meditieren**.*
- *Und zu guter Letzt: **die große Liebe zu finden**. Ja, dieser Punkt könnte vielleicht etwas länger dauern. Aber hey, das ist ja meine persönliche Löffel-Liste und da darf ich mir wünschen, was ich möchte :-).*

*Pfuh, das ist ganz schön viel für die bleibenden Monate in 2014. Und obwohl diese Liste jetzt schon sehr lange ist, bleibt noch immer **viel Platz für Wunder und Überraschungen**.*

Hast du dir eigentlich schon einmal Gedanken über deine Löffel-Liste gemacht? Ich werde mit Sicherheit meine Lebens-Löffel-Liste auch noch veröffentlichen.
Die Frage ist nur wann. Ich hoff, ich geb vorher nicht den Löffel ab :-) .

Ich wünsche dir eine lebendige Zeit und viel Spaß bei allem was du vor hast :-) .

08.07.2014

„Vielleicht sollte ich mir einen Hund zulegen. Ich weiß, das wäre nichts anderes als eine Kompensation, aber zumindest eine süße. So ein kleines, liebes, kuscheliges Hündchen, mit dem ich immer schmusen und kuscheln kann."
„Schwesterchen! Hast du schon so große Sehnsucht nach Nähe, dass du dir ein armes Tier zuhause halten willst?"
„Ehrlich gesagt? Ja."
„Aber in deinem Job, wie willst du das anstellen? Das arme Tier mit auf die Bühne nehmen? Oder du studierst noch eine Zirkusnummer ein und gehst damit auf Tournee? Was für eine Karriere. Hundedompteuse. Hahaha."
„Sehr witzig. Aber cool wäre es irgendwie trotzdem."
„Andere Frage. Was haben denn die vom Konsumentenschutz gesagt, als du ihnen das von dem Masseur erzählt hast?"
„Nichts."
„Was heißt nichts?"
„Na, ich habe noch nicht angerufen."
„Was? Warum nicht? Das gehört gemeldet. Der Arsch macht das ewig weiter, wenn das nie angezeigt oder gemeldet wird."
„Ja, du hast eh recht, aber mir ist das Ganze irgendwie unangenehm."
„Schwesterchen, das verstehe ich total, aber das musst du tun. Da musst du durch."
„Okay, ich mach es morgen. Da hab ich eh wieder Vorstellung in Klagenfurt."
Hannah: „Versprochen?"
„Ja, versprochen. Können wir jetzt bitte wieder über Hunde sprechen oder zumindest über Männer?"

Hannah: „Ist ja eh fast dasselbe. Wenn frau sie streichelt, wedeln sie mit dem Schwanz."
Ich: „Sehr lustig. Und überhaupt nicht alt und abgedroschen."
Hannah: „Dafür immer wieder gut. Und wahr. Und du lachst. Schwesterlein, ich will zwar nicht unhöflich sein, aber ich muss mich vorbereiten für morgen. Ich habe mich bereiterklärt, bei einer Podiumsdiskussion über die Gleichstellung, beziehungsweise die Nicht-Gleichstellung der Frau in der Kultur zu diskutieren."
„Wow, spannendes Thema."
„Finde ich auch, und ich werde dich sogar als Beispiel anführen."
„Mich kennt zwar keiner, aber wenn's hilft?"
„Und bitte überlege dir das noch mit dem Hund."
„Jaja. Tschüss."

Na gut, dann halt kein Hund.
Aber einen Smoothie-Mixer habe ich mir bestellt. Kostet auch so viel wie ein Hund und hilft bei den Vitalitätsreserven. Ätsch.

12.07.2014

Ich hab gerade einen echt genialen Artikel der *Frankfurter Allgemeinen* vor mir.
Ja, auch ich lese hin und wieder so ein intellektuelles Blatt. Besser gesagt, diesen Artikel hat mir ein Akrobatenfreund empfohlen. Okay, auch das ist wieder nicht ganz richtig. Er hat ihn auf Facebook gestellt, und ich habe ihn entdeckt.
Jedenfalls geht es um das Thema "Egoistische Zweisamkeit". Ersatzreligion Liebe.

Warum das gerade Tino von "Tino und Nino" postet, weiß ich nicht. Und ja, der Name klingt eher nach Clownduo als nach Spitzenklasse-Hochleistungsakrobaten. Vielleicht hat er auch eine Phobie. Reduktion auf die zwischenmenschliche Beziehung. Wäre nicht verwunderlich, da ich die beiden vor zwei Jahren bei der österreichischen Castingshow "Die Große Chance" kennengelernt habe.
Die Jury fragte sie nur, ob sie schwul seien, und meinte, dass das okay sei. Kein Wort über Akrobatik oder Training. Keine Anerkennung für ihre Arbeit und Leistung. Nein. Nur die Reduktion auf die Sexualität. Und das Beste: Sie sind gar nicht schwul.
Gut. Bei mir waren die auch nicht besser. Der Sido hat nur gemeint: „Wenn ne Frau einen Spagat vor mir macht, dann kommen bei mir so Gedanken hoch." Wahrscheinlich kommt bei ihm sonst eh nichts mehr hoch. Bin nicht besonders stolz, bei einer Castingshow mitgemacht zu haben. Aber in meinem Job darf frau nichts unversucht lassen. Und schon allein der Auftritt meiner Schwester,
nachdem ich dran war, war es wert, dabei gewesen zu sein. Sie hat die komplette Jury als Sexisten, Faschisten und stupide Idioten beschimpft. Leider haben sie diesen Teil dann bei der Übertragung im Fernsehen rausgeschnitten. Jedenfalls hat Tino eine Frau und ist überglücklich, soweit ich weiß.

Jetzt aber zum Artikel. Bin schon gespannt.
Der Autor Markus Günther schreibt: *„Der Mythos der Liebe ist der Leitstern unserer Zeit: Das einzige Ziel des Lebens ist es, Mr. oder Mrs. Right zu finden. Was für ein Irrtum. Zweisamkeit ist nichts anderes als die Fortsetzung der Ich-Bezogenheit mit anderen Mitteln. Ein Plädoyer gegen die Liebe."*

Was jetzt! Ist es für mich doch nicht so super, meine ganze Energie in die Suche nach dem richtigen Partner zu stecken? Wobei ich ja eh die meiste Energie in meinen Job und in meine Selbstfindung stecke, finde ich. Aber in Gedanken bin ich schon oft im Wo-ist-nur-der-ideale-Mann-für-mich-Land.

„Partnersuche ist in unserer Kultur zur Ersatzreligion aufgestiegen“, schreibt die Sozialphilosophin Katharina Ohana. *„Sie wird (besonders für Frauen) vor jeden anderen Erfolg gestellt: Partnersuche ist zum hauptsächlichen Lebenssinn und Lebensglück hochstilisiert worden.“* Der Eindruck wird von Meinungsumfragen bestätigt. Im frühen 21. Jahrhundert beantwortet eine große Mehrzahl der Deutschen die Frage nach dem Sinn des Lebens ganz einfach mit: *„Glück“*. Fragt man dann weiter, was genau denn glücklich mache, stehen *„Liebe/ Partnerschaft immer an erster Stelle. Kinder, Familie, Freunde, Beruf und Erfolg liegen weit dahinter.“*
Wow, wie treffend.
Das bringt mich echt zum Nachdenken. Es ist nämlich voll mit dem Nagel auf den Kopf getroffen.
Und schon wieder diese Frage nach dem Sinn. So viel Mindfuck! *„Es versteht sich von selbst, dass hier die Heilslehre der Gottes-Liebe und handfeste kommerzielle Interessen reibungslos ineinandergreifen, denn an der notwendigen Optimierung der Wettbewerbsqualitäten verdienen viele mit“*, schreibt sie weiter.
Wie wahr, wie wahr. Schönheits-Operationen, Waxing, Haar-,Wimpern- und Nagelverlängerungen, Frisuren, Mode in jeglicher Form. Alles, um dem anderen Geschlecht oder eben auch dem gleichen Geschlecht zu gefallen.

Da fällt mir gerade auf: Hab ich nicht auch bei der Horoskopdeutung nach Mr. Right gefragt?
„Zu den Kollateralschäden der Ersatzreligion Liebe gehören aber auch die vielen Menschen, die alleine sind. Ihr Leben wird als defizitär wahrgenommen. Man vermutet, dass etwas mit ihnen nicht stimmt. Dass jemand freiwillig einen anderen, als den Weg in die Partnerschaft geht, ist schlechterdings unverständlich. Dass jemand einen geeigneten Partner nicht gefunden hat, gilt als sein/ihr ganz persönliches Versagen. So oder so, er oder sie hat von der Umwelt bestenfalls Mitleid zu erwarten." [3]
Na super. Ich bin also ein zu bemitleidender, gesellschaftlicher Kollateralschaden. Aber da ist das letzte Wort noch nicht gesprochen.
Ist Partnerschaft in romantischer Form jetzt einfach total zu negieren? Okay, ich möchte auf keinen Fall so eine Beziehungsklette sein. Und mein männliches Gegenüber darf das auch nicht sein. Freiheit und Freiraum sind oberste Priorität. Ein bisschen Herzen und Geschenke und Fotos. Und ein Gefühl zu wissen, dass wer anderer für einen da ist. Ich möchte ein freifliegender Paradiesvogel sein, tun, was ich will. Mit einem prachtvollen Männchen an meiner Seite, das sich alles mit mir teilt. That's it.
Liebe kann aber natürlich auch noch viel mehr sein. Nächstenliebe, Tierliebe, und Selbstliebe.
Diesem Bereich gebe ich mich jetzt voll und ganz hin: der Liebe zur Selbstliebe. So sei es.

14.07.2014

Frühvorstellung. "Horst hinten" meldet sich zum Dienst.

Mit einem 90-Grad-Hüftwinkel, durchgestrecktem Rücken und meinen Armen an Moritz' Gesäß galoppiere ich also wieder über die Bühne. Wenn ich diese Situation mit meinem Leben vergleiche, stellen sich mir doch einige sehr bedenkliche Fragen.
Will ich wirklich gebückt hinter einem Mann durchs Leben preschen? Der Blick auf einen netten Hintern ist zwar ganz schön, aber so werde ich bestimmt nie meine wahre Größe entfalten können.
Da fällt mir das Zitat ein: „Wer mit der Herde geht, kann nur den Ärschen folgen." Ich war noch nie ein Herdentier. Will ich mich weiter krümmen und verstellen? Oder will ich mein Leben jetzt voll aktiv selbst in die Hand nehmen und aufrecht voranschreiten?
Ich werde mich ab sofort nicht mehr so auf Männer fixieren. Auch nicht auf Frauen. Einfach nur auf mich. Das klingt vielleicht egoistisch, aber es ist die Wahrheit. Ich möchte glücklich sein. Und ich möchte meinen wahren Glanz leben. Meine wahre Größe. Hach, einfach ALLES. Ja, ich will ALLES vom Leben. Und noch viel mehr.

Selbstbewusst, zufrieden und dankbar durchs Leben fließen! Fließen klingt vielleicht ein bisschen fad. Aber Wasser kann ja einmal gemütlich plätschern, dann wieder vorwärts schnellen und auf Stock und Stein knallen. Es kann ein wilder Wasserfall sein oder eine Strömung im tiefsten Ozean. Es kann alles sein. Und was am wichtigsten ist, es ist niemals langweilig und öde, denn es ist in dauernder Veränderung.
Das ist jetzt mein neues Credo: „Alles fließt."
Und damit meine ich nicht den Alkohol. Ich schließe ihn aber natürlich auch nicht aus.

Ich sollte vielleicht öfter mal früher aufstehen. So viel Klarheit und das um zehn Uhr in der Früh.

Ich gehe gleich nach der Vorstellung zu unserem Intendanten und melde ihm, dass ich die Spielzeit nicht verlängern werde.
"Horst hinten" war zwar eine super Erfahrung, aber jetzt will ich etwas anderes. Ich will mehr vom Leben.
Und wie Franz Kafka schon meinte: „Wege entstehen dadurch, dass wir sie gehen." Und ich gehe jetzt. Zumindest mal weg aus Klagenfurt.

01.09.2014

Ich bin total aufgeregt. Mein neues Projekt ist die Astrologie.

Heute ist Kursstart, und ich erwarte einiges.
Ich stehe in Kaisermühlen vor einer Wohnungstür mit einem großen Logo drauf. Es öffnet eine sehr sympathisch wirkende Frau um die fünfzig, und meine Nervosität verfliegt ganz schnell.
Der Vorraum ist sehr schön eingerichtet und überall stehen Astrologiebücher herum. Mein Körper wird von einem Glücksgefühl durchströmt, und ich bin positiv energetisiert und aufgeregt.
Wir sind sieben Personen im Kurs. Die Kursleiterin fängt pünktlich auf die Minute an. Es ist nämlich viel Stoff. Wahnsinn, was es da alles zu lernen gibt.

Wir legen also los mit den Archetypen des Tierkreises, und ich lächle innerlich. Es ist so cool.
Selbsterfahrung pur.

Was die Planeten uns alles zu sagen haben. Mars zum Beispiel steht für den inneren Krieger. Er zeigt uns, wie wir uns durchsetzen.
Venus steht für die Schönheit, die eigenen Werte, Talente und natürlich für die wunderbare Liebe. Woher bekommen wir unseren Selbstwert und was finden wir wertvoll? Und ganz wichtig, was brauchen und erwarten wir in einer Beziehung und in wen könnten wir uns verlieben? Ganz klar, die Venus muss ich mir genauer ansehen.
Merkur der Götterbote steht für die Kommunikation und den Verstand. Und wie wir am besten lernen.
Der wunderschöne Mond steht für die Gefühlswelt. Ui, da muss ich auch genauer hinschauen. Er zeigt nämlich die seelische Grundstimmung und den Umgang mit Emotionen.
Die Sonne, also das Sternzeichen, steht für den Selbstausdruck und das Gebiet, auf dem wir strahlen sollen. Das macht mich alles noch neugieriger. Ich will sofort alles wissen. Meine Ungeduld lässt grüßen.
Dann gibt es da noch den Pluto. Er ist der Transformator. Zuständig für die Schattenthemen, Krisen und den Tod. Oder den Jupiter. Er zeigt uns, wo wir im Leben den Sinn finden.
Den Eremiten Saturn, dem die Themen Einsamkeit, Verantwortung, Sicherheit und Ehrgeiz innewohnen. Uranus, der Visionär, steht für das Prinzip des Fortschritts und des Andersseins. Für Umbrüche, Freiheit und den Narren in uns. Ha, das hat sicher mein Vater.
Und zu guter Letzt, der Neptun. Dieser Planet steht für das Unbewusste und das Ungreifbare. Für Träume, Chaos und das Fließende.
Erwischt. Da ist sicher auch der Alkohol gemeint. Tja, die Astrologie bringt anscheinend alles zum Vorschein.

Mein Kopf ist voll und ich bin total geflasht von diesen vielen Informationen. Aber es ist genial und absolut das Richtige für mich. Als Ausbildungsjunkie freue ich mich natürlich auf diese neue Herausforderung.
Aber jetzt möchte ich an die frische Luft. Und alle meine Gedanken sortieren.
„Tschüss, alle miteinander, bis morgen," melde ich mich bei der Gruppe ab.
Zum Glück habe ich heute Abend nichts vor.
Ich gehe das Stiegenhaus mit hüpfendem Herzen und einem Lächeln im Gesicht hinunter und öffne freudig die Tür. Die Sonne scheint mir ins Gesicht und ich setze mich auf die Parkbank an der gegenüberliegenden Straßenseite.
Ich hole mein Handy aus der Tasche, um meine Schwester anzurufen. Oh, eine Nachricht.
Unbekannte Nummer. Komisch. Wer ist das?
“hey, stuntgirl. ich hab dich grad im fernsehen
bewundert ... hast super ausg’schaut... ich wollte mal fragen, ob du jemanden brauchst, der dir rudern beibringt :-) :-) :-)?"

Das Beste kommt zum Schluss – DANKE

Ich bin so unendlich glücklich, dieses Buch geschrieben und auch veröffentlicht zu haben. Das kann ich gar nicht in Worte fassen.

Ich hätte es allerdings niemals alleine geschafft. Und diese Zeilen möchte ich nutzen, um mich bei einigen Menschen zu bedanken.

Zuallererst möchte ich mich bei der Leitung der **Zirkusakademie Wien** bedanken, die mir ein Stipendium für dieses Buch zur Verfügung gestellt hat. Danke für euer Vertrauen und eure Uneigennützigkeit.

Dann möchte ich mich bei der wunderbaren **Bärbel Gerhardt** bedanken, die nicht nur lektoriert hat, sondern auch Ideen eingebracht hat. Mein Gespür hat mich wieder zur richtigen Person geführt, obwohl ich sie nur online kenne. Danke Bärbel. Dieses Buch ist auch dein Verdienst.

Danke **Gerhard Frytsch** für deinen Einsatz bei den Korrekturen, der mir zu mehr Klarheit und einem völlig neuen Beistrichverständnis verholfen hat.

Julia Schleicher, für deinen genauen Blick und deine unermüdliche Ausdauer im Rahmen der Korrekturarbeiten, möchte ich dir aus tiefstem Herzen meinen Dank aussprechen.

Danke **Mama**, dass du niemals den Anspruch auf eine perfekte Familie gelegt hast. Dass du nie auf Konventionen

und Rollenbilder wertgelegt hast und dass du eine mutige und durchsetzungsstarke Frau bist.
Papa, du Visionär, Reformer und ewiges Kind. Danke, dass du zu meinen Antworten immer die richtigen Fragen stellst. Dass du niemals beurteilst und mich stets wertfrei begleitest. Danke für dein lebendiges und lebensfrohes Wesen und deinen Blick auf die Welt.
Danke **Ruth**, mein Schwesterherz, für die Rückmeldungen zu diesem Buchprojekt, für dein Feingefühl, deine Art, Dinge anders zu sehen und zu tun. Für deine ewige Hilfsbereitschaft und Liebe. Dein Gespür ist einzigartig und deine Präzision in der Kommunikation erstaunt mich immer wieder. So unterschiedlich wir auch sind, so eng fühle ich mich dir verbunden.
Lieber **Georg,** auch bei dir möchte ich mich herzlich bedanken. Du bist immer da, wenn ich technische Fragen habe, sind sie noch so blöd. Geduldig hörst du mir zu und findest die richtige Lösung für mein Problem.

Lieber **Erwin**, lieber **Tissi**. Danke für unsere bald 25-jährige Zusammenarbeit. Ihr seid die besten Stuntkoordinatoren, die frau sich wünschen kann. Mit euch zu drehen, macht mir immer viel Freude. Danke für eure Loyalität und Freundschaft.

Danke **Sibille Greiner** für dein geniales Branding und die graphische Unterstützung beim Cover. Und dafür, dass du mich bunt sein lässt.
Danke **Sympatexter** für die tolle Begleitung bei meinen Projekten “Bloggen” und "Online-Marketing".

Ein unbeschreibliches Dankeschön möchte ich an meinen Mann und meine beiden Kinder richten.

Danke **Peter,** dass du mich frei fliegen lässt und da bist, wenn ich zurückkomme. Danke, dass du so an mich glaubst und mich in allem unterstützt, was ich mir einbilde. Danke, dass wir eine absolut gleichwertige und gleichberechtigte Beziehung führen und unser eigenes Familienkonzept leben. Ich liebe Dich.
Felix und **Yara Sirona**, meine beiden wunderbaren Kinder. Ihr zeigt mir einen anderen Blick auf die Welt. Ihr erfüllt mich mit unendlicher Liebe und Freude. Danke.

Und mein allergrößtes Dankeschön geht an **DICH,** liebe Leserin, lieber Leser. Danke, dass du dieses Buch in den Händen hältst und liest. Es ist mir eine Ehre, und ich fühle mich dadurch privilegiert und unendlich glücklich.
Danke aus vollstem Herzen.

Ich freue mich sehr, wenn du mir eine E-Mail (nora@norasummer.at) schreibst oder mit mir über Facebook und Instagram Kontakt aufnimmst.
Natürlich kannst du auch gerne auf meinem Blog vorbeischauen: www.norasummer.at

Über das Buch hinaus ...

Ich habe einige Zeit gebraucht, um herauszufinden, was mich im Leben antreibt und was für mich Sinn macht. Vor allem aber, was mich im Leben wirklich glücklich macht. Ja, auch die Auseinandersetzung mit Jupiter und der Sinnfindung waren da sehr hilfreich.

Jetzt weiß ich es: Ich bin immer dann glücklich und erfolgreich, wenn ich Begeisterung, Inspiration, Spaß und Freiheit spüre. Das sind meine wichtigsten Beweggründe. Das lässt mich lebendig und sprühend vor Energie sein.

Für mich gibt es viele Wege, um ans Ziel oder besser gesagt in die eigene „Ganzheit" zu kommen. Wichtig ist, den geeigneten Pfad immer weiterzugehen. In sich selbst hineinhören, wahrnehmen und nicht wegschieben.

Eines habe ich in den letzten Jahren gelernt. Es gibt nichts, was es nicht gibt. Es ist wirklich alles möglich und alles machbar. Und nein, es muss nicht schwer oder anstrengend sein. Es braucht nur Vertrauen. Das ist es.

Und eine Entscheidung. Die Entscheidung, etwas verändern zu wollen.

Wie sagte Irmtraut Morgner so schön: *„Der schlimmste Fehler von Frauen ist ihr Mangel an Größenwahn."*

Genau das meine ich. Lasst uns gemeinsam größenwahnsinnig werden. Lassen wir unserem Mut freien Lauf.

Ja, es bedarf manchmal einer mutigen Entscheidung. Dinge zu tun, die andere für verrückt, aussichtslos oder einfach nur blöd halten. Machen wir sie doch einfach trotzdem.

Weniger „gefallen wollen“ dafür mehr „Scheiß drauf“.

Und wenn etwas nicht klappt, können wir wenigstens eine coole Geschichte erzählen.
Auf in ein fulminantes Lebensgefühl! Mit allem, was dazu gehört und noch viel mehr.
Jetzt ist genau die richtige Zeit dafür!

Jetzt lass uns rausgehen, glücklich sein, mutig alles vom Leben verlangen, strahlen, lachen und mit einem hüpfendfreiem, lebendigem Herzen, viel Begeisterung und Inspiration die Welt verändern.

Deine Nora Summer

Quellenverzeichnis

1. Heil, Christiane. „In Hollywood sind Frauen nur Trophäen.“ *Emma Magazin*. 26.02.2014.
2. Höller, Carsten. Presseinformation: LEBEN. http://www.tb-cms.org/data/article_downloads/219/Presseinformation_CH_DE_INT_long.pdf Zugriff: 15.04.2021.
3. Günther Markus. “Ersatzreligion Liebe.” *Frankfurter Allgemeine Zeitung*. 25.09.2014. https://www.faz.net/aktuell/gesellschaft/menschen/egoistische-zweisamkeit-ersatzreligion-liebe-13152087.html

Empfehlung des Herzens:

Die Dohnal. Regie: Sabine Derflinger. Österreich: Plan C Filmproduktion OG/Derflinger Film, 2019. 104 Min.

Über die Autorin:

Nora Summer

1980 in Wien geboren, stand sie 20 Jahre als **darstellende Künstlerin** und **Kabarettistin** auf der Bühne. Seit 1998 ist sie **Stuntwoman** und war Teil des "Mission Impossible 5"-Stuntteams in Wien. Sie ist **MutMacherin, Dipl. Astrologin** und **Storytellerin,** oder besser gesagt **Gschichtldruckerin**. In ihren Einzel- und Gruppensitzungen ermutigt sie Menschen dazu, ihr eigenes Glücksexperiment zu machen. Sie ist immer bereit für fulminant und sieht sich selbst als Glücksmagnetin.
"Der steppende Pferdearsch" ist ihr erstes Buch.
Sie lebt mit ihrem Mann und ihren beiden Kindern in Klosterneuburg bei Wien.
www.norasummer.at